走进

古诗

素描与鉴赏

康桥梦溪 编著

上海远东出版社

图书在版编目(CIP)数据

走进古诗/康桥,梦溪编著.—上海:上海远东
出版社,2024
(素描与鉴赏)
ISBN 978-7-5476-1968-1

Ⅰ.①走⋯ Ⅱ.①康⋯②梦⋯ Ⅲ.①古典诗歌—中
国—青少年读物 Ⅳ.①I222

中国国家版本馆 CIP 数据核字(2023)第 236317 号

责任编辑 张喜梅
封面设计 李　廉

素描与鉴赏

走进古诗

康桥　梦溪　编著

出　　版　上海远東出版社
　　　　　(201101　上海市闵行区号景路 159 弄 C 座)
发　　行　上海人民出版社发行中心
印　　刷　上海锦佳印刷有限公司
开　　本　890×1240　1/32
印　　张　12.25
字　　数　180,000
版　　次　2025 年 1 月第 1 版
印　　次　2025 年 1 月第 1 次印刷
ISBN 978-7-5476-1968-1/Ⅰ·383
定　　价　49.80 元

前　言

中国的古诗,内涵深刻,意存高远,凝聚着中国文化的精华。熟悉和背诵一些古诗,往往可以陶冶性情,提高素养,获益无穷。

本书精选了一百首脍炙人口的古诗,用轻松、新颖的形式加以解释和导读,以帮助读者更好地理解古诗。

全书分为四个部分:

一是"古诗和拼音"。我们对原诗进行了注音,由于对古诗中的个别词语有不同的理解,我们择善而从,尽量按照通常的理解来注音。

二是"注释"。我们对一些比较难理解的词语进行了解释。

三是"素描"。我们把古诗改写成一篇充满诗意的散文,把解释融合在散文中,把古诗作为一个整体来理解。

四是"鉴赏"。每一首诗好在哪里,如何欣赏,都可以从中找到答案。

另外,我们为书中每一首诗、词、曲都精选了充满诗情画意的古图,一切意韵尽在不言之中。读者可通过慢慢欣赏配图,进而更好地理解古诗。

值得一提的是,本书所收入的除了严格意义上的"古诗"之外,还收入了一些著名的词和曲,但没有包括唐诗和宋词。由于唐诗和宋词的成就特别辉煌,我们另外专门编写了《走进唐诗》和《走进宋词》。

编著者

编校说明

一、本书正文中诗人的排列,大致以生年先后为序;生年无确切记载的,则按照在世年代先后为序。

二、本书中的诗、词、曲加注了汉语拼音,其中在语流中容易产生变调的"一""七""八""不"等字和轻声,都标注该字本来的声调而不标变调和轻声;通假字的读音标注其所通的字音,以与文中的字义相合。

三、本书对诗、词、曲版本流传中出现的异文,择善而从,一般不作校勘说明,必要时在注释中略作交代。

四、本书括注内的公元纪年,一般省略"年"字。

五、本书的附录有:作者简介、古事记。其中作者简介依照正文顺序编排;古事记按照历史顺序,挑选与诗人相关或有较大影响的事件记录。

目录

关　雎

《诗经·周南》

guān guān jū jiū　 zài hé zhī zhōu 　 yǎo
关 关 雎 鸠①，在 河 之 洲 。 窈

tiǎo shū nǚ　 jūn zǐ hǎo qiú
窕②淑 女③，君 子 好 逑④。

cēn cī xìng cài　 zuǒ yòu liú zhī　 yǎo tiǎo
参 差 荇 菜⑤，左 右 流⑥之 。 窈 窕

shū nǚ　 wù mèi qiú zhī
淑 女 ，寤 寐⑦求 之 。

qiú zhī bù dé　 wù mèi sī fú　 yōu zāi
求 之 不 得 ，寤 寐 思 服⑧。悠 哉

yōu zāi　 zhǎn zhuǎn fǎn cè
悠 哉⑨，辗 转 反 侧 。

cēn cī xìng cài　 zuǒ yòu cǎi zhī　 yǎo tiǎo
参 差 荇 菜 ，左 右 采 之 。 窈 窕

shū nǚ　 qín sè yǒu zhī
淑 女 ，琴 瑟 友 之⑩。

参差荇菜，左右芼⑪之。窈窕
淑女，钟鼓乐之⑫。

注释

①关关雎鸠：雎鸠鸟不停地鸣叫。关关，拟声词。雎鸠，一种水鸟，一般认为就是鱼鹰，传说它们雌雄形影不离。

②窈窕：文静美好的样子。

③淑女：善良美好的女子。

④好逑：好的配偶。逑，配偶。

⑤荇菜：一种可食的水草。

⑥流：求取，采集。

⑦寤寐：这里指日日夜夜。寤，醒时。寐，睡时。

⑧思服：思念。服，思念。

⑨悠哉悠哉：形容思念之情绵绵不尽。悠，忧思的样子。

⑩琴瑟友之：弹琴鼓瑟对她表示亲近。

⑪芼：择取，挑选。

⑫钟鼓乐之：敲钟击鼓使她快乐。

在黄河之中的水洲上,雌雄雎鸠鸟相伴着,它们关关地和鸣,让人不由地想起那个贤淑美丽的女子,她不正是与品德高尚的君子相匹配的好配偶吗?

荇菜参差不齐地生长着,要采得这些荇菜,就要时而向左,时而向右,君子追求女子的时候,也是这样勉力求取。贤淑美丽的好女子,正是君子们梦寐以求的追寻目标。一旦追寻不到,早晚都会思念不安。深深长长的想念啊,让人夜晚翻来覆去难以入眠。

荇菜参差不齐地生长着,要采到这些荇菜,就要时而向左,时而向右,君子追求女子的时候,也是这样勉力求取。他们奏起琴瑟,希望能够亲近她们,得到她们的青睐;荇菜参差不齐地生长着,要挑选这些荇菜,就要时而向左,时而向右。他们打击起钟鼓,希望能够取悦她们,得到她们的芳心。

《诗经》,是我国最早的一部诗歌总集,收录了从西周到春秋时期的诗歌三百零五篇,分为风、雅、颂三个部分。风,又叫"国风",是各地的民歌。

　　本篇篇名是从诗篇第一句中摘取来的。《诗经》中的篇名大都是这样来命名的。

　　西周初期周公旦住东都洛邑(今河南洛阳附近),"周南"是指周公统治下的南方地区的诗歌。

　　《关雎》是《诗经·国风》的第一篇,也是全书的首篇。全诗在回环往复之间逐层递进。

君子于役①

《诗经·王风》

君子于役，不知其期②。曷③至哉？鸡栖于埘④，日之夕矣，羊牛下来。君子于役，如之何勿思⑤！

君子于役，不日不月⑥。曷其有佸⑦？鸡栖于桀⑧，日之夕矣，羊牛下括⑨。君子于役，苟⑩无饥渴？

注释

① 役：服役。

② 其期：指服役的期限。

③ 曷：何。

④ 埘：鸡窝。

⑤ 如之何勿思：如何不思。

⑥ 不日不月：无日无月，指没法用日月来计算时间。

⑦ 佸：相会，来会。

⑧ 桀：鸡栖木。

⑨ 括：到来。

⑩ 苟：大概，也许，或许。

素描

　　丈夫服役去远方,服役的时间长短难估量,这样的日子什么时候才能结束？丈夫啊,你什么时候才能够回家,回到我的身边?

西方的太阳已经落山，霞光洒在远方的原野上，一片宁静祥和的气氛，家里饲养的鸡都已经进了鸡窝，准备休息，牛羊们也都从放牧的山坡上下来，回到它们的圈里去了。

可是，我的丈夫却还在外面服役，这怎么能不让我满怀思念呢？没有丈夫的讯息，我不知道身处异乡的丈夫是否饥渴，更不知道他什么时候才能回来。在远方服役的丈夫啊，我是多么地思念你，希望你早日回家。

家里的一切，还是老样子，只有我对你的思念，与日俱增。没有你的日子里，一切都失去了它们原来应该有的光彩，这样孤寂无聊的日子，何时才是尽头？

全诗完全通过写景来言情，感情真实而纯朴。作者通过鸡栖于窝、牛羊归栏等农村日常生活细节，既描绘出了妻子思念丈夫的家庭生活环境与气氛，又起到了衬托比喻的作用，亲切自然地表达了盼望丈夫归来的心情。

全诗虽然字数不多，却有情、有景、有事、有韵，更有美，是集艺术美、人性美、情境美为一体的现实主义佳作。

静 女

《诗经·邶风》

jìng nǚ qí shū　　sì wǒ yú chéng yú　　 ài ér
静女其姝①，俟②我于城隅③。爱④而

bù jiàn　 sāo shǒu chí chú
不见，搔首踟蹰。

jìng nǚ qí luán　　 yí wǒ tóng guǎn　　 tóng guǎn yǒu
静女其娈⑤，贻⑥我彤管。彤管有

wěi　 yuè yì rǔ měi
炜，说怿女美⑦。

zì mù kuì tí　　xún měi qiě yì　　 fěi rǔ zhī
自牧归荑⑧，洵⑨美且异。匪女之

wéi měi　 měi rén zhī yí
为美，美人之贻。

注释

① 姝:美丽,漂亮。

② 俟:等待。

③ 城隅:城角。一说指城上的角楼。

④ 爱:同"薆(ài)",隐藏。

⑤ 娈:美好。

⑥ 贻:赠送。

⑦ 说怿女美:喜爱你的美丽。说,同"悦"。怿,喜悦。女,同"汝"。

⑧ 自牧归荑:从远郊归来赠送我初生的茅草。牧,城邑的远郊。归,同"馈",赠送。

⑨ 洵:诚然,实在。

素描

那个善良姑娘真美丽,如此娇艳的容颜让我喜爱。我们相约在城门角楼里见面,可是当我等在角楼的时候,她却故意躲藏起来不露面,把我急得直抓头皮,在城门角楼来回走动,不知道该怎么办才好。

为什么美丽的姑娘会那么调皮呢?

那个善良姑娘真漂亮,我喜欢她的可人与温柔。她送我红管,把对我的情意寄托在其中,惹得我兴奋不已。仔细看这红管,它亮光闪闪,如此可爱。我喜欢送我红管的姑娘,当然也就珍惜这漂亮的红管。

为什么她要送我红管呢?

从野外放牧牛羊的地方,善良的姑娘采来初生的茅草赠送给我,以表达她对我的绵绵爱意。这茅草确实是好看而且奇异,但主要还是因为是美人所赠,所以才觉得特别美啊。

为什么她要送我茅草呢?

 鉴赏

这首诗以男子的口吻写幽期密约,既有焦急的等候,又有欢乐的会面,还有幸福的回味。全诗语言平直,没有过多修饰,用近乎白描的手法表达了男子内心丰富的情感。这首诗寥寥几笔,有情景,有心理活动,写得活泼、幽默而无轻浮之感,是古代爱情诗中的佳作。

无 衣

《诗经·秦风》

岂曰无衣？与子同袍①。王于兴师②，修我戈矛，与子同仇③。

岂曰无衣？与子同泽④。王于兴师，修我矛戟，与子偕作⑤。

岂曰无衣？与子同裳⑥。王于兴师，修我甲兵⑦，与子偕行⑧。

注释

① 袍:长袍,类似于斗篷。行军者白天当衣服穿,晚上当被子盖。

② 王于兴师:周王出兵打仗。于,句中助词。

③ 同仇:指共同对付敌人。

④ 泽:同"襗(zé)",贴身穿的衣服。

⑤ 偕作:一同起来,指共同行动。作,起。

⑥ 裳:下衣,战裙。

⑦ 甲兵:铠甲和兵器。

⑧ 偕行:一起上战场。

素描

是谁说我们贫穷到没有衣服可以穿?哪怕我和你合穿上一件战衣!

既然大王的命令说要出兵打仗,那么就整理好我们的武器,让我和你一道共同对抗敌人!

是谁说我们窘迫到没有衣服可以穿?哪怕我和你合

穿上一件汗衫!

既然大王的命令说要出兵打仗,那就整理好我们的枪和剑,让我和你一道并肩作战!

是谁说我们没有衣服遮身? 哪怕我和你合穿一件战袍!

既然大王要出兵打仗,那就整理好我们的甲胄,让我和你一道携手前进!

条件差一点,环境苦一点,怕什么! 谁都知道,我们是一支以耐苦战而著称的部队。过去,我们东讨西杀、南征北战,一向是战无不胜,一往无前。今天,我亲爱的战友,让我们再一起战斗吧!

或许,明天我们就会有各自的战袍了。

一些学者认为,这是一首讽刺诗,这首诗是正话反说,诗歌是讥讽秦君虽然国家穷困,却依旧十分好战。

对于这种历史文本,仁者见仁,智者见智,常常有不同的现代解读。不过,这首诗中所传达的情绪,倒是十分具有感染力。

氓①

《诗经·卫风》

氓之蚩蚩②，抱布贸丝。匪来贸丝，来即我谋。送子涉淇③，至于顿丘④。匪我愆期⑤，子无良媒。将⑥子无怒，秋以为期。

乘彼垝垣⑦，以望复关⑧。不见复关，泣涕涟涟。既见复关，载⑨笑载言。尔卜尔筮，体⑩无咎言⑪。以尔车来，以我贿⑫迁。

桑之未落，其叶沃若^⑬。于嗟
鸠兮，无食桑葚！于嗟女兮，无
与士耽^⑭！士之耽兮，犹可说^⑮也。
女之耽兮，不可说也！

桑之落矣，其黄而陨。自
我徂^⑯尔，三岁食贫。淇水汤
汤^⑰，渐^⑱车帷裳。女也不爽^⑲，士
贰^⑳其行。士也罔极^㉑，二三其德。

三岁为妇，靡室劳矣^㉒。夙兴
夜寐，靡有朝矣。言既遂矣，至
于暴矣。兄弟不知，咥^㉓其笑矣。

静言思之，躬^㉔自悼矣。

及尔偕老，老使我怨。淇则有岸，隰则有泮。总角^㉕之宴，言笑晏晏^㉖。信誓旦旦^㉗，不思其反。

反是^㉘不思，亦已焉哉^㉙！

注释

① 氓:民。此处指的是诗中的男主人公。

② 蚩蚩:忠厚的样子。一说,通"嗤嗤",笑嘻嘻的样子。

③ 淇:淇水,在今河南境内。

④ 顿丘:地名,在今河南浚县。

⑤ 愆期:拖延婚期。愆,拖延。

⑥ 将:愿,请。

⑦ 垝垣:残破的墙。垝,毁坏。

⑧ 复关:卫国地名,氓所住的地方。一说,诗中借所居之地代指氓。

⑨ 载:助词,用在句首或句中,起加强语气的作用。

⑩ 体:占卜显示的兆象。

⑪ 无咎言:没有不详之语。咎,灾祸。

⑫ 贿:财物。这里指女子的嫁妆。

⑬ 沃若:润泽的样子。

⑭ 耽:沉溺,沉醉。

⑮ 说:同"脱",摆脱,脱身。

⑯ 徂:往。

⑰ 汤汤:水流盛大的样子。

⑱ 渐:浸湿。

⑲ 不爽:没有过错。爽,差错、过失。

⑳ 贰:不专一、有二心,跟"壹"相对。

㉑ 罔极:没有定准。罔,无。极,准则。

㉒ 靡室劳矣:家里的劳苦事没有一样不做的。靡,无、没有。室劳,家务劳动。

㉓ 咥:讥笑。

㉔ 躬:自己。

㉕ 总角:古时少男少女把头发扎成像牛角一样的两个丫髻,叫总角。后来用"总角"指代少年时代。

㉖ 晏晏:和悦的样子。

㉗ 旦旦:诚恳的样子。

㉘ 反是:违背誓言。是,这,指誓言。

㉙ 亦已焉哉:那就算了吧。

你拿着钱币说是要来买丝,看上去一副忠厚的样子。其实,你的目的不是买丝,你是看上了我的美貌,想要娶我为妻。依依不舍地把你送到淇水,送到顿丘。不是我故意要延误好日子,结婚是要明媒正娶的。请你不要生气,让我们把婚期就定在秋天。

我登上已经坏了的墙上,望着往返的车子,却看不到你回来,我的泪水盈盈而落。看见你的车子向着这边来了,我开心得笑逐颜开。你作了占卜,幸而没有什么凶辞。于是迎嫁的车就到了我的家门,带走了我的陪嫁物品。

女子年轻美貌的时候,男子对她的情意浓厚得可以把她完全地融化。然而,鸠鸟不可贪食桑葚,多吃就会昏醉;女子不可被爱情所迷。男人爱上了一个女子,还是可以解脱的;而女子一旦爱上了一个男人,就不可解脱了。

等女子年老色衰,男子的情意也就衰落了。自从我嫁到你家,多年来过的是贫苦的日子。可是最终,我还是被你休弃,独自渡过浩荡的淇水,回到娘家。其实,女子是没有过错的呀,是男子自己不专一,他们的行为总是那样反复无常。

做你多年的妻子，终日辛苦地操持家务，早起晚睡，日日如此。可是，等我在你家时间久了，你就对我粗暴了起来，开始虐待我。别人不知道情况，还笑话我。我只能独自为自己的命运悲伤落泪。

原本，我是希望能够和你白头偕老的，可是现在我却怨恨自己的衰老。淇水尚且有岸，隰河尚且有边，跟着你，可真是苦海无边。想想当年，我在未成年的时候就跟你相识，你笑容可亲，谈吐温文尔雅。当年你的誓言是真挚诚恳的，没想到你竟会变心。你违背誓言，不念旧情，那就算了吧！

这是一首叙事诗。叙事诗有故事情节，而这首诗在叙事中又加上了抒情和议论。作者用第一人称"我"来叙述整个故事，并采用了回忆追述和对比手法，描述了这名女子从恋爱到被弃的经过，感情悲愤而哀怨。正因为采用了第一人称，直抒胸臆，读来更加感人肺腑。

湘夫人①

屈　原

帝子②降兮北渚，目眇眇③兮愁予④。袅袅⑤兮秋风，洞庭波兮木叶下。登白蘋兮骋望⑥，与佳期兮夕张。鸟何萃⑦兮蘋中，罾⑧何为兮木上？

沅有芷兮澧有兰，思公子兮未敢言。荒忽⑨兮远望，观流水兮潺湲⑩。

麋何食兮庭中？蛟何为兮水裔？朝驰余马兮江皋⑪，夕济兮西澨⑫。闻佳人兮召予，将腾驾⑬兮偕逝⑭。筑室兮水中，葺⑮之兮荷盖。荪壁⑯兮紫坛，播芳椒兮成堂。桂栋兮兰橑⑰，辛夷楣兮药房。罔⑱薜荔兮为帷，擗蕙櫋兮既张。白玉兮为镇，疏⑲石兰兮为芳。芷葺兮荷屋，缭之兮杜衡。合百草兮实庭，建芳馨兮庑⑳门。九嶷缤兮并迎，灵之来兮如云。

捐余玦㉑兮江中，遗余褋㉒兮
澧浦。搴汀洲兮杜若，将以遗㉓
兮远者㉔。时不可兮骤㉕得，聊逍
遥兮容与㉖。

注释

①《湘夫人》选自《楚辞·九歌》。《九歌》共十一篇。"九"是泛指,非实数。

② 帝子:天帝的女儿,指湘夫人。

③ 眇眇:向远看的样子。

④ 愁予:使我发愁。

⑤ 袅袅:微风吹拂的样子。

⑥ 骋望:纵目远望。

⑦ 萃:聚集。

⑧ 罾:捕鱼的网。

⑨ 荒忽:迷迷糊糊的样子。

⑩ 潺湲:水慢慢流动的样子。

⑪ 江皋:江边。

⑫ 澨:水边。

⑬ 腾驾:驾着马车奔腾飞驰。

⑭ 偕逝:同往。

⑮ 葺:编草盖房子。

⑯ 荪壁:用荪草饰壁。

⑰ 橑：屋椽。

⑱ 罔：通"网"，这里作编织讲。

⑲ 疏：散布。

⑳ 庑：厢房。

㉑ 袂：衣袖。

㉒ 褋：汗衫。

㉓ 遗：赠送。

㉔ 远者：指湘夫人。

㉕ 骤：轻易，一下子。

㉖ 容与：从容自在的样子。

素描

　　湘夫人到了湘水北边的洲地，似真似幻，我仿佛看见了她的倩影，可是转眼却又消失不见。只见天地之间，除了洞庭湖水的波纹，以及萧萧秋风催落黄叶之外，所有的生气和色彩都变得幽沉晦暗。

　　走上长满白蘋的小岛，向远处眺望，希望可以早些看到湘夫人的身影。一边等待，一边开始准备跟湘夫人约会的场所。鸟本来该栖在树枝上的，现在为何会到白蘋草中呢？鱼网应该到水中去捕鱼才对，为何却挂在树上呢？湘夫人啊，你到底会不会如期前来？

北渚是属于沅水和澧水这两条河流的流域，这个地方充满了香草、香花，是非常理想的谈情场所，但是却见不到湘夫人的身影，真是让人心中十分难过。见不到她的到来，微微有些神思恍惚，但是仍然坚持向远处眺望，希望湘夫人的身影会突然出现，然而依旧是失望，因为眼前看到的仍然只是潺潺而流的秋水而已。

麋鹿不是应在原野中觅食吗？现在何以在庭院中呢？蛟龙不是应在深水中居住的吗？现在怎会来到水边呢？湘夫人啊，你怎么还不来，让人深深失望而又无奈。

为了寻觅湘夫人的身影，我早上骑着马在江边奔驰，傍晚渡水到了江的另一边。突然仿佛听到湘夫人的呼唤之声，恨不得能够马上和她见面，一起神游各地。

一边等待，一边想象着见面之后同湘夫人一起把爱巢建筑在水上。用荷叶作为屋顶，用苏草铺在墙上，再用紫色的贝壳装点在庭院中。房间的四壁撒满香椒，房屋的栋梁用桂木做成,屋椽则用兰木雕成。门楣采用辛夷木,卧室则用白芷去铺点装设。卧室的帷幕用薜荔草编织而成,床上的帐幕则用蕙草扎制而成。把白玉作为压镇床席的用物,撒石兰在床席上,让香气更迷人。然后,在荷叶做的屋顶上铺上一些芳香的芷草,再用杜衡将房子环绕一圈。最后在院子里堆满各式各样的香草,并且搭建一座芳香无比的门楼。等到这座充满各式香花异草的爱巢构筑完成之后,又觉得尚不足以表达对湘夫人的爱慕之心。于是,将九嶷山上如云一般众多的神灵,全都召唤前来,作为迎接湘夫人的宾客。

虽然现在热烈想象与湘夫人见面时欢聚的场面,但是湘夫人并没有如愿地现身。这真是让人失望,因此决定将湘夫人赠送的定情之物“袂”和“褋”等衣物,丢弃到江水中,免得见物伤情。

尽管如此,仍然无法割舍对湘夫人的思念,所以还是想采摘水洲上的杜若香草,送给远方的湘夫人。可是,即使是这么一个小小的愿望,都不能马上实现,只能放松自己的心情,期待与湘夫人见面的时刻。

鉴赏

　　屈原,是我国历史上伟大的爱国诗人,"骚体"的创始者。他的《离骚》《九歌》《天问》《九章》等作品,都强烈地体现了他的进步政治思想,反映了他坚决与黑暗现实抗争的性格以及热爱祖国的精神。

　　《湘夫人》是《九歌》中的一篇。这首诗运用了神话传说和奇妙的比喻,把湘君等待湘夫人时候的急切、湘君对湘夫人的情感以及等待时候的想象,都真真切切地表达了出来。全诗思想空间广阔,想象力丰富,文辞绚丽,文采华丽,充满了浪漫主义色彩。

大风歌

刘 邦

大风起兮①云飞扬。

威②加海内兮归故乡。

安③得④猛士兮守四方！

① 兮：语气词。

② 威：威望，权威。

③ 安：哪里，怎样。

④ 得：得到。

素 描

起风了!

好一阵大风。大风飞沙走石，吹打在我饱经风霜的脸上，也吹得天上堆积的云层快速地行走。天下风云，不也正如这天上的风云，处在一个风起云涌的时代吗?

纷乱的时候出英雄，等到统一了四海的疆域，我一定会衣锦还乡，回到生我养我的故乡看望父老乡亲们。

可是，为了能够达成我的志愿，为了能够一统四方的土地，我到哪里去找到这样的猛士呢? 我又到哪里去找到这样的猛将呢? 而我统一后，又是否能够守住这片领土呢?

这真是一个问题。这个问题,一定要得到解决!

　　这首诗是刘邦战胜项羽后所作,然而诗歌表现出的却是一种胜利后的惆怅。

　　全诗以咏叹大风这种大自然现象起笔,借物咏志,直抒胸臆,感情自然流畅,淋漓尽致地表达了英雄之气、帝王之风,显得大气磅礴,可称为千古绝唱。

垓下①歌

项 羽

力_{lì} 拔_{bá} 山_{shān} 兮_{xī} 气_{qì} 盖_{gài} 世_{shì}，

时_{shí} 不_{bù} 利_{lì} 兮_{xī} 骓_{zhuī}② 不_{bù} 逝_{shì}。

骓_{zhuī} 不_{bù} 逝_{shì} 兮_{xī} 可_{kě} 奈_{nài} 何_{hé}，

虞_{yú} 兮_{xī} 虞_{yú} 兮_{xī} 奈_{nài} 若_{ruò} 何_{hé}③！

① 垓下:古地名,在今安徽固镇东北、沱河南岸。
② 骓:毛色黑白混杂的马。
③ 奈若何:拿你怎么办。若,你。

素 描

我是这个时代的英雄！几年来,我带领江东弟子叱咤风云,浴血奋战。

我的气力几乎可以拔起一个山头,我的豪气盖世。在这个风云变幻的岁月,我想用自己的力量统一四方,建立自己的王国,成为时代的霸王。

然而,时运对我一点都不利,实在是老天爷要亡我,而不是我仗打得不好。现在的形势竟然是:四面楚歌!我空有这志向,空有这本领,却不能达成一生的心愿啊!我的那匹骏马啊,曾经日行千里,可现在却已经再不能像往日那样飞奔了。骏马失去了飞奔的力量,我也无可奈何啊!

可是，今天，我到了这该死的垓下，这该死的乌江！叫我如何去面对江东的父老乡亲？

虞姬啊，虞姬，你是我最爱的女人。在这样的时局下，叫我怎么安排你呢？我到底又能怎么样呢？

项羽被刘邦军队重重包围，在战败之际，唱出了这样一首慷慨悲歌。他把所有的生死存亡所带来的失落与无奈、悲哀与惆怅，全部凝聚在诗句里。

这首诗把作者自己年轻力壮正盛年与时局的不利作对比，表现出自己无限的悲哀与无奈。诗中千里马再也不能飞奔，也是一种暗示和象征，令人扼腕长叹。

陌上桑

汉乐府

日出东南隅①，照我秦氏楼。

秦氏有好女，自名为罗敷。罗

敷喜蚕桑，采桑城南隅。青丝

为笼②系，桂枝为笼钩。头上倭

堕髻③，耳中明月珠。缃绮④为下

裙，紫绮为上襦⑤。行者见罗敷，

下担捋髭⑥须。少年见罗敷，脱

帽著⑦帩头⑧。耕者忘其犁，锄者

忘 其 锄 。 来 归 相 怒 怨 ， 但 坐⑨ 观

罗 敷 。

使 君 从 南 来 ， 五 马 立 踟 蹰⑩ 。

使 君 遣 吏 往 ， 问 是 谁 家 姝⑪ 。 " 秦

氏 有 好 女 ， 自 名 为 罗 敷 。 " " 罗 敷

年 几 何 ？ " " 二 十 尚 不 足 ， 十 五

颇 有 余 。 " 使 君 谢⑫ 罗 敷 ： " 宁 可 共

载 不 ？ "

罗 敷 前 置 辞 ： " 使 君 一 何

愚 ！ 使 君 自 有 妇 ， 罗 敷 自 有 夫 。

东 方⑬ 千 余 骑 ， 夫 婿 居 上 头 。 何

用⑭ 识 夫 婿 ？ 白 马 从 骊 驹 。 青 丝

系马尾，黄金络马头；腰中鹿
卢剑，可值千万余。十五府小
吏，二十朝大夫，三十侍中郎⑮，
四十专城居。为人洁白皙，鬑
鬑⑯颇有须。盈盈⑰公府步，冉冉
府中趋。坐中数千人，皆言夫
婿殊⑱。"

注释

① 隅:角落,此处表示方位。

② 笼:篮子。

③ 倭堕髻:发髻歪在一侧,呈似堕非堕的样子,为当时的流行发式。

④ 缃绮:浅黄色有花纹的丝织品。

⑤ 襦:短袄。

⑥ 髭:唇上的胡须。

⑦ 著:戴。

⑧ 帩头:古代男子束发的头巾。

⑨ 坐:因为,由于。

⑩ 踟蹰:徘徊不前。

⑪ 姝:美女。

⑫ 谢:问。

⑬ 东方:指夫婿当官的地方。

⑭ 何用:根据什么。

⑮ 侍中郎:皇帝的近臣。

⑯ 鬑鬑:须发稀疏的样子。

⑰ 盈盈:缓步慢行的样子。

⑱ 殊:此处指出众。

素描

太阳从东方徐徐升起,阳光照耀在秦家的阁楼上。这户人家有个品行端正的女子,叫罗敷。

罗敷擅长采桑养蚕,经常到城南采摘桑叶养蚕。她采桑的竹篮上系着青色的丝绳,竹篮的提柄是用桂树枝做的。她的发型是漂亮的堕马髻,耳上带着明月耳环,穿着一身浅黄色花纹的裙子,紫色花纹的短袄。

路过的行人看见罗敷,情不自禁放下担子,摸着胡须注视着她。年轻的男子看见罗敷,脱下帽子整理发巾,炫耀自己,想要引起她的注意。耕种的人、锄地的人劳动之后彼此埋怨,只是因为观看美丽的罗敷而耽误了劳作。

有个太守从南边过来看见了罗敷,于是他让驾车的五匹骏马停住了脚步。他派遣小吏去打听,究竟是谁家的美丽女子站在那里。

罗敷回答:"我是秦家的女子,名字叫罗敷。"

问:"罗敷你今年几岁了?"

回答:"二十岁不到,十五岁多一点。"

太守对美丽的罗敷动起了脑筋。他让小吏询问罗敷:"你可愿意嫁给太守?"

罗敷上前一步,说:"太守啊,你怎么那么糊涂呢?你已经有妻子了,而我罗敷也已经嫁给了别人,有自己的丈夫。"

她又说:"你看见东方一群骑马的人没有?最前面的那个男子就是我的夫君。你能认出来他吗?骑着白马,后边跟着小黑马的官员就是我的夫君。那匹马的尾巴上系着青色的丝线,马的头上戴着金黄色的笼头。他的腰上佩带着镶嵌有玉器的宝剑,价值连城。我的夫君十五岁就开始在太守府做小吏,二十岁在朝廷里担当大夫的官职,三十岁成为侍中郎,到四十岁的时候,是一个都城的太守。他长相白净端正,有一些胡须。他在官府里走来走去的时候,相当地有气派,认识我夫君的人都说他优秀出众!"

鉴赏

　　这首诗是汉乐府民歌中著名的叙事诗,立意严肃,笔调诙谐,揭露了统治阶级的荒淫无耻,同时塑造了一个坚贞美丽的农家女子形象。

　　全诗充分调动了民歌中常用的铺叙手法,写得文辞飞扬,酣畅淋漓。诗歌语言清新活泼,字里行间蕴含着一种幽默俏皮的情韵,千百年来传诵不绝。

长歌行（其一）

汉乐府

qīng qīng yuán zhōng kuí　zhāo lù dài rì xī
青　青　园　中　葵　，朝　露　待　日　晞①。

yáng chūn bù dé zé　wàn wù shēng guāng huī
阳　春②布③德　泽④，万　物　生　光　辉　。

cháng kǒng qiū jié zhì　kūn huáng huā yè cuī
常　恐　秋　节　至　，焜　黄⑤华　叶　衰　。

bǎi chuān dōng dào hǎi　hé shí fù xī guī
百　川　东　到　海　，何　时　复　西　归　！

shào zhuàng bù nǔ lì　lǎo dà tú shāng bēi
少　壮　不　努　力　，老　大　徒　伤　悲　！

注释

① 晞：晒干。

② 阳春：温暖的春天。

③ 布：布施，给予。

④ 德泽：恩惠。

⑤ 焜黄：形容草木凋落枯黄的样子。

素描

园中的葵菜郁郁葱葱，晶莹的朝露在阳光下慢慢蒸发。

温暖的春天把美好的气息传播到万物，万物都呈现出一派繁荣。

植物在春光下舒展腰肢，翠绿的枝叶摇摇摆摆。常常担心秋天的到来，因为秋天一旦来临，树叶的颜色就会变得枯黄暗淡，曾经娇艳动人的花朵也都会凋零。

千百条江河一起东流入海，那些水什么时候才能重新回归它源出的西方？光阴就是这样一去不复返啊！

人们啊，如果你在年轻的时候不知道好好努力，到年老的时候，就只能为虚度光阴而伤感悲哀。

　　这首诗具有乐府诗的显著特点。作者借百川归海，描写了万物盛极有时，光阴一去不返，感慨"少壮不努力，老大徒伤悲"，劝勉世人要珍惜光阴，有所作为。

龟虽寿

曹　操

神龟虽寿，犹有竟①时；
腾蛇②乘雾，终为土灰。
老骥③伏枥④，志在千里；
烈士⑤暮年，壮心不已。
盈缩⑥之期，不但在天；
养怡⑦之福，可得永年⑧。
幸甚至哉，歌以咏志。

注释

① 竟:终结,这里指死去。

② 腾蛇:古代传说中一种能腾云驾雾的神蛇。

③ 骥:骏马,好马。

④ 枥:马槽。

⑤ 烈士:有气节有壮志的人。

⑥ 盈缩:这里指人寿命的长短。

⑦ 养怡:指调养身心,保持心情愉快。怡,愉快。

⑧ 永年:长寿。

素 描

《庄子·秋水》里说:"吾闻楚有神龟,死已三千岁矣。"然而,神龟纵活三千年,可还是难免一死!

腾蛇与龙一样,能够腾云驾雾,本领可谓大矣!但是,一旦云消雾散,它们就跟苍蝇、蚂蚁一样,终究要灰飞烟灭!

一匹上了年纪的千里马,虽然形老体衰,卧在马槽旁,但胸中仍然激荡着驰骋千里的豪情。有志干一番事业的人，虽然到了晚年，但一颗勃勃雄心永远都不会消沉；对宏伟理想的追求，永远都不会停息！

按照自然规律，人总是要死的。要想延伸自己的生命，就要在有限的时间里，充分发挥乐观精神，积极进取，自强不息，不因暮年而消沉，不以衰老而丧志。

老年人尚且如此，那么，年轻人呢？

这首诗是建安十二年（207）曹操北征乌桓时所作。诗歌运用了传统的比兴手法，将诗人对时间、生命富有哲理的思考融进真挚浓烈的情感之中。除此之外，这首诗具有一种震撼人心的巨大力量，使无数英雄志士为之倾倒。

观沧海

曹　操

东 临^① 碣 石^②，以 观 沧 海^③。

水 何 澹 澹^④，山 岛 竦 峙^⑤。

树 木 丛 生，百 草 丰 茂。

秋 风 萧 瑟^⑥，洪 波 涌 起。

日 月 之 行，若 出 其 中。

星 汉^⑦ 灿 烂，若 出 其 里。

幸 甚 至 哉，歌 以 咏 志^⑧。

注释

① 临:到达,登上。

② 碣石:山名,在今河北昌黎西北。

③ 沧海:大海。

④ 澹澹:水波荡漾的样子。

⑤ 竦峙:耸立。竦、峙,都是耸立的意思。

⑥ 萧瑟:形容秋风吹拂树木时发出的声音。

⑦ 星汉:银河。

⑧ 幸甚至哉,歌以咏志:这两句应为诗歌合乐时所加的套语,与正文内容没有直接关系。幸甚至哉,幸运得很,好极了。幸,幸运。至,达到极点。

素描

登上碣石山顶,居高临海,极目远眺,大海的壮阔景象尽收眼底。在无边无际的大海上,波浪滚滚,海水澹澹。最先映入眼帘的是那突兀耸立的山岛,它们点缀在平阔的海面上,使大海显得格外神奇壮观。

虽然已到秋风萧瑟的时节,但是,岛上依然树木繁茂,百草丰美,给人生机盎然的感觉。定神细看,在如此萧瑟秋风中的海面,竟是洪波涌起,巨浪翻滚。

虽然现在是令人感伤的秋天,但海上却无半点萧瑟凄凉的悲秋意绪。茫茫大海与天相接,水天一色,空蒙浑融。

雄奇壮丽的大海是那样宽广,在人们的视野里,就连日、月、星、汉(银河)都显得那么渺小,远远望去,它们的昼夜运行,似乎都处在大海的包容与自由吐纳之中。

 鉴赏

这首诗写秋天的大海,却一洗悲秋的感伤情调,写得沉雄健爽,气象壮阔。如此大气磅礴的诗句,与诗人本身的气度、品格乃至美学情趣都是密切相关的。诗人把客观自然景物进行了主观的理解、融会、取舍、强调,然后一气呵成创作出此诗。它是对客观世界的反映,也是诗人主观精神的凝结。

短歌行

曹　操

duì jiǔ dāng gē,　rén shēng jǐ hé
对　酒　当　歌　，　人　生　几　何　！

pì rú zhāo lù,　qù rì① kǔ duō②
譬　如　朝　露　，　去　日①　苦　多②　。

kǎi dāng yǐ kāng③,　yōu sī nán wàng
慨　当　以　慷③　，　忧　思　难　忘　。

hé yǐ jiě yōu?　wéi yǒu dù kāng④
何　以　解　忧　？　唯　有　杜　康④　。

qīng qīng zǐ jīn⑤,　yōu yōu⑥ wǒ xīn
青　青　子　衿⑤　，　悠　悠⑥　我　心　。

dàn wèi jūn gù,　chén yǐn⑦ zhì jīn
但　为　君　故　，　沉　吟⑦　至　今　。

yōu yōu⑧ lù míng,　shí yě zhī píng
呦　呦⑧　鹿　鸣　，　食　野　之　苹　。

wǒ yǒu jiā bīn,　gǔ sè chuī shēng
我　有　嘉　宾　，　鼓　瑟　吹　笙　。

○五三

明明如月，何时可掇⑨？

忧从中来，不可断绝。

越陌度阡，枉⑩用相存⑪。

契阔⑫谈讌⑬，心念旧恩⑭。

月明星稀，乌鹊南飞。

绕树三匝⑮，何枝可依？

山不厌高，海不厌深。

周公吐哺⑯，天下归心⑰。

注释

① 去日:逝去的日子。

② 苦多:苦恨很多。

③ 慨当以慷:指宴会上的歌声激昂慷慨。"慨当以慷"是"慷慨"的间隔用法。当以,这里没有实际意义。

④ 杜康:相传古代最初造酒的人。此处作为酒的代称。

⑤ 衿:衣领。青衿是周代读书人的服装,这里指代有学识的人。

⑥ 悠悠:长远的样子,形容思虑连绵不断。

⑦ 沉吟:原指思索和小声叨念,这里指对贤才的思念和倾慕。

⑧ 呦呦:鹿鸣声。

⑨ 何时可掇:什么时候可以摘取呢? 掇,拾取,摘取。

⑩ 枉:屈驾。

⑪ 存:问候、探望。

⑫ 契阔:聚散,此处指久别重逢。

⑬ 讌:同"宴"。

⑭ 旧恩:旧日的情谊。

⑮ 匝:周、圈。

⑯ 哺:口中咀嚼着的食物。

⑰ 归心:人心归服。

素描

面对美酒,怎能不引吭高歌呢?人生是短暂的,能有多少年华可以虚度?

岁月正像早晨的露水,转瞬之间就要干涸。思绪如奔潮涌浪,使我感慨和悲凉。而那些无端的思虑,时时徘徊萦绕在心上。怎样才能解脱我心头那千丝万缕的烦忧?只有那令人迷醉的杜康酒!

那些身着青衿的贤才,时时牵挂着我的心。为了你们的缘故,我至今仍在深情地沉吟。吃着沃野上的艾蒿,鹿儿呦呦地欢叫。吹起来吧,欢乐的芦笙;奏起来吧,迎宾的曲调——欢迎嘉宾的来到。

这满月的清辉啊,何时可以静止下来,归属于你?贤良的人才啊,什么时候才能够得到?

忧思和愁绪,无端而起,如烟如雨。忽然有贤才远道而来,越过山川,跨过平原,光临到我们面前。

啊!是久别重逢的故友啊,满怀着旧日的思恋,让我们举杯畅饮,握手言欢。一轮满月,将它的光辉洒遍了寰宇。满天星斗,顿时显得稀疏起来。乌鹊惊叫着离枝向南飞去。绕着大树一圈圈地寻找,寻找着自己终生的归宿。

巍峨的高山,不拒绝每一粒细小的沙石;宽广的大海,也不拒绝每一滴微小的水珠。我像当年周公一样,为了接待贤士,常常连吃饭都顾不上。吃一顿饭,要停下来三次,唯恐会失去任何一个得到贤士的良机。如此,何愁天下不能统一!

鉴赏

这首诗抒写了时光易逝、功业未就的苦闷,以及诗人想招纳贤才建功立业的志向。本诗气格高远,感情充沛,具有独特的感染力,是曹操的代表作之一。

赠从弟（其二）

刘　桢

亭亭① 山上松，瑟瑟② 谷中风。

风声一何③ 盛，松枝一何劲！

冰霜正惨凄，终岁常端正。

岂不罹④ 凝寒⑤？松柏有本性。

注释

① 亭亭:挺拔的样子。

② 瑟瑟:风声。

③ 一何:多么。

④ 罹:遭受。

⑤ 凝寒:严寒。

素描

高高的山上,青松坚挺地耸立着,无所畏惧。山谷里的寒风是那么大,"呼呼"作响。风声呼啸而过,松柏却依旧那么有力地伸展出自己的臂膀,迎着叫嚣的风挺起胸膛。

天气寒冷刺骨,冰霜还挂在树木的枝干上,空气冷得无法呼吸,只有这松柏,无论怎样的严寒,总是笔直无惧地面对着最冷酷的风霜的打击。

松柏在寒冬中苍翠挺拔,丝毫没有向严寒妥协的意思,没有因为环境而改变自己的想法,这就是山岭中松柏的本性啊！

松柏的品质，是那样坚贞，多么希望你的品质也能如此！

在你的人生道路上，会有春夏秋冬，也会有风霜雨雪，不可能永远是一马平川。愿你学习松柏的品质，不管遭遇多少艰难困苦，一定要坚持下去！

这是刘桢写给堂弟的诗之一。《赠从弟》一共三首，这是第二首。作者通过对山岭上松柏的描写，勉励堂弟要有松柏一样坚贞的品格，不要因为环境的压迫而改变自己的操守和作风。同时，诗人把对堂弟的关心与鼓励也包含在诗句之中。全诗既可以看见诗人自己对松树品格的赞慕，也可以看见他对堂弟的期待之心。

七步诗

曹　植

zhǔ　dòu　chí　zuò　gēng　　lù　shū　yǐ　wéi　zhī
煮　豆　持①　作　羹　，漉②　菽③　以　为　汁　。

qí　zài　fǔ　xià　rán　　dòu　zài　fǔ　zhōng　qì
萁④　在　釜⑤　下　燃　，豆　在　釜　中　泣　。

běn　zì　tóng　gēn　shēng　xiāng　jiān　hé　tài　jí
本　自　同　根　生　，相　煎　何　太　急　？

① 持：用来。

② 漉：渗出，过滤。

③ 菽：豆。这里的意思是说把豆子的残渣过滤出去，留下豆汁作羹。

④ 萁：豆茎。

⑤ 釜：锅。

素 描

在煮豆子的时候，锅下面点燃起火焰。熊熊燃烧的，是晒干后用来当柴火用的豆秆。锅里的豆子煮熟后，经过过滤等程序，最后将被制作成鲜美汁液。

豆秆在锅下面燃烧过后，逐渐变成灰烬；而豆子则在锅里哭泣着，哀叹着，自己最终的命运是成为汁液。

豆子说："我们原本是在同一个根上生长的兄弟，现在却彼此苦苦地煎熬，这到底是为了什么啊！我们何苦这样自相残杀？难道说，这就是命运？面对命运，我们可不可以有别的选择呢?"

这首诗纯以比兴的手法描写,语言相当浅显,却寓意明朗。诗人运用巧妙的比喻、灵活生动的字词,在"七步"间脱口而出,实在令人叹为观止。

白马篇

曹 植

白_{bái} 马_{mǎ} 饰_{shì} 金_{jīn} 羁_{jī}①，连_{lián} 翩_{piān}② 西_{xī} 北_{běi} 驰_{chí} 。

借_{jiè} 问_{wèn} 谁_{shuí} 家_{jiā} 子_{zǐ} ？幽_{yōu} 并_{bìng} 游_{yóu} 侠_{xiá} 儿_{ér} 。

少_{shào} 小_{xiǎo} 去_{qù} 乡_{xiāng} 邑_{yì}③，扬_{yáng} 声_{shēng}④ 沙_{shā} 漠_{mò} 垂_{chuí}⑤ 。

宿_{sù} 昔_{xī}⑥ 秉_{bǐng}⑦ 良_{liáng} 弓_{gōng} ，楛_{hù} 矢_{shǐ}⑧ 何_{hé} 参_{cēn} 差_{cī} 。

控_{kòng} 弦_{xián}⑨ 破_{pò} 左_{zuǒ} 的_{dì}⑩，右_{yòu} 发_{fā} 摧_{cuī} 月_{yuè} 支_{zhī}⑪ 。

仰_{yǎng} 手_{shǒu} 接_{jiē} 飞_{fēi} 猱_{náo}⑫，俯_{fǔ} 身_{shēn} 散_{sàn}⑬ 马_{mǎ} 蹄_{tí}⑭ 。

狡_{jiǎo} 捷_{jié} 过_{guò} 猴_{hóu} 猿_{yuán} ，勇_{yǒng} 剽_{piāo}⑮ 若_{ruò} 豹_{bào} 螭_{chī} 。

边_{biān} 城_{chéng} 多_{duō} 警_{jǐng} 急_{jí} ，虏_{lǔ} 骑_{jì} 数_{shuò} 迁_{qiān} 移_{yí}⑯ 。

羽 檄[17] 从 北 来 ，厉 马[18] 登 高 堤 。
长 驱 蹈[19] 匈 奴 ，左 顾 凌 鲜 卑 。
弃 身 锋 刃 端 ，性 命 安 可 怀[20]？
父 母 且 不 顾 ，何 言 子 与 妻 ！
名 编 壮 士 籍 ，不 得 中 顾 私 。
捐 躯 赴 国 难 ，视 死 忽 如 归 。

① 金羁:金色的马笼头。

② 连翩:连续不断。原指鸟飞的样子,这里用来形容白马奔驰的俊逸形象。

③ 去乡邑:离开家乡。

④ 扬声:扬名。

⑤ 垂:同"陲",边境。

⑥ 宿昔:平素,向来。

⑦ 秉:执,持。

⑧ 楛矢:用楛木做箭杆的箭。

⑨ 控弦:开弓。

⑩ 的:箭靶。

⑪ 月支:箭靶的名称。

⑫ 猱:猿类,行动轻捷,攀缘树木时上下如飞。

⑬ 散:射碎。

⑭ 马蹄:一种箭靶子的名称。

⑮ 剽:行动轻捷。

⑯ 迁移:指侵扰。

⑰ 羽檄：军事文书插鸟羽以示紧急，必须迅速传递。

⑱ 厉马：扬鞭策马。

⑲ 蹂：踩，践踏。

⑳ 怀：顾惜。

素描

驾驭着白色的骏马向西北飞驰，马的头上带着金色的马笼头。向周围的人打听这到底是谁家的儿郎。他们说，是幽州和并州的游侠。

这个游侠从小就离开了家乡，在边塞扬名立万。他拿起精良的弓，抽出楛木做的箭射出，箭无虚发。拉开弓，他可以轻松地射中左边的目标，也可以击毁右边的箭靶子。他一伸手，就能够轻松地接住飞速而来的东西。他行动敏捷，俯下身子，也能射中"马蹄"箭靶。如此迅速敏捷的身姿，如同猿猴一般。他勇敢轻捷，又如同豹子一样。

现在正逢边关吃紧，警报连连，胡虏几次侵扰国家的边疆要塞。羽檄从北方紧急而来,于是,这个游侠策马加鞭地赶往边疆。他长驱直入匈奴内部,横扫那些企图侵犯中原的鲜卑人。

他随身带着锋利的兵刃,只想着同那些侵犯国土的异族战斗,想着保护自己的国家,根本就没有把自己的性命放在心上。为了保护国家的和平与安宁,游侠连生他养他的亲生父母都无暇顾及,对于妻子与孩子更是没有时间和精力去照顾。

壮士的使命与责任在于国家和更多的人,这样艰巨的使命,使得他不得不放弃自己私人的一些责任与义务。在国家危难的时候,可以为国捐躯,就连死亡也因此变得像回家一样安然,不那么可怕。

诗人以浓墨重彩描绘了一位武艺高超、渴望卫国立功,甚至不惜牺牲生命的游侠形象。另外,诗人不仅以激情的笔调写出了游侠的英雄行为,而且以精湛的语言揭示了人物的爱国精神。本诗风格雄放,气氛热烈,语言精美。

咏怀八十二首（其一）

阮 籍

夜中不能寐，起坐弹鸣琴。
薄帷鉴①明月，清风吹我襟。
孤鸿号②外野，翔鸟③鸣北林。
徘徊将何见，忧思独伤心。

① 鉴:照。

② 号:哀号。

③ 翔鸟:盘旋飞翔的鸟儿。

素 描

夜深了,周遭安静得只能听见自己的呼吸声,我却怎么都无法入眠,闭着眼睛,心绪久久不得平静。

于是,我索性坐起身来,披上衣服,坐在窗前弹拨起琴弦,让阵阵悠扬的弦声,陪伴孤寂失眠的我。

薄薄的帷帐,透射出月亮清亮的光晕,看起来有点朦胧。窗外吹进几缕凉风,风轻轻掀动起我的衣襟,扰动了我的寂寞。

旷野上,北边的林子里,有一只孤鸿飞过,它不停地鸣叫着。这叫声,凄凉而愁苦,扣动人的心扉。

在这个夜深人静的时刻,我独自忧伤,独自苦闷。

我为什么而苦闷呢?

在这寂静的夜里，除了我，还有没有人像我一样呢？

　　这首诗描写了诗人在夜深人静时候的苦闷心情。琴声、月光、鸟鸣，这些意象出现在宁静的夜晚，衬托出诗人心绪的不宁静，以及对现实不满而带来的愁苦情绪。阮籍的《咏怀》诗现存五言诗八十二首，四言诗十三首，对后世作家有很大影响。

敕勒歌

乐府民歌

chì lè chuān　yīn shān xià
敕 勒 川①，阴 山 下，

tiān sì qióng lú　lǒng gài sì yě
天 似 穹 庐②，笼 盖③ 四 野④。

tiān cāng cāng　yě máng máng
天 苍 苍，野 茫 茫，

fēng chuī cǎo dī xiàn niú yáng
风 吹 草 低 见⑤ 牛 羊。

①川:平川,平原。

②穹庐:牧民住宿的圆形毡帐,中间隆起,四周下垂,即今所谓"蒙古包"。

③笼盖:笼罩。

④四野:四方原野。

⑤见:同"现",显现。

素描

在西北无边无际的敕勒平原,气势磅礴的阴山绵亘千里。

一望无垠的大草原,满眼青绿,漫无边际地向着天边延伸开去。辽阔的天宇,如同毡帐一般向四面低垂下去,罩住浩瀚的草原。如此风光,使人心胸开阔,情绪酣畅。

苍苍茫茫的天地之间,风儿吹拂着丰茂的草原。风摇草动,发出清新的气息。绿草随风拂动,可以隐约看见散布其中的牛羊,苍茫大地充满了蓬勃生机。

辽阔的大草原，让人感受到无限的生机和活力，以及牧人们宽广的胸怀和豪迈的性格。

作者以浑浑浩浩的笔调写景，把这片西北塞外大草原描绘得辽阔浩荡、雄浑无垠，展现出一幅兴旺昌盛的画卷。一方水土养一方人，生活在这片土地上的人们，心胸一定像草原一样广阔。作者写景的同时，借景写人，写出了敕勒人的生活和他们勇敢豪爽的性格。

归园田居(其一)

陶渊明

少无适俗韵①，性本爱丘山。

误落尘网②中，一去三十年。

羁鸟③恋旧林，池鱼思故渊。

开荒南野际，守拙④归园田。

方宅十余亩，草屋八九间。

榆柳荫后檐，桃李罗堂前。

暧暧⑤远人村，依依⑥墟里⑦烟。

狗吠深巷中，鸡鸣桑树颠。

户 庭 无 尘 杂 ， 虚 室⑧ 有 余 闲 。

久 在 樊 笼⑨ 里 ， 复 得 返 自 然 。

① 适俗韵:适应世俗的气质。

② 尘网:指世俗的种种束缚。

③ 羁鸟:被关在笼中的鸟。

④ 守拙:持守愚拙的本性,即不学巧伪,不争名利。

⑤ 暧暧:迷蒙隐约的样子。

⑥ 依依:隐约的样子。一说"轻柔的样子"。

⑦ 墟里:指村落。

⑧ 虚室:静室。

⑨ 樊笼:关鸟兽的笼子。这里指束缚本性的俗世。

素描

从小,我的性情就不是那种适合世俗的人,天生喜欢在自然的山林里呼吸清新的空气,过自由自在的生活。然而,我却不得不进入了罗网一样的仕途。这样的生活,转眼就已经过了有三十年的光景。

被关在笼子里的鸟儿，总是眷恋昔日自由飞翔的丛林，被饲养在池塘里的鱼儿，总是思念以前宽广的江湖。曾经过了多年仕途生活的我，又何尝不想重新回到平和清淡的田园生活中去呢？

我明白自己终究是个不会取巧逢迎的人，没有足够的智慧和头脑为官。于是，我到底还是回到了田园，到山里开荒种地，过平静没有纷争的生活。

家里有田地十余亩、草屋八九间。院子的后面种着几棵榆树和柳树，前面几株桃树和李树并列着摇曳。

夕阳西斜，整个村落被金色的阳光照耀得一片昏黄、一片宁静。淡淡的炊烟，轻柔得如同纱帐一样，村落在其中变得依稀可见。仔细倾听，你能听见有狗在深深的巷子里吠叫，鸡也在桑树下鸣叫不已。

村落里的每家每户都把自己的庭院打扫得干净明亮，没有一点尘埃；虚空着的静室显得静谧祥和。

我在世俗里过着牢笼般的生活，仔细想想已经那么长时间了，现在重新回到了自然的怀抱里，这是多么让人快乐啊！

《归园田居》共有五首,大概写于陶渊明辞去彭泽令归田的第二年,即晋安帝义熙二年(406)。这首是其中的第一首。

　　这首诗写出了诗人辞职归田的愉快心情和乡居的乐趣。一开始,诗人把自己多年生活的郁闷与苦楚都表达了出来。然后,诗人采用对比的手法,突出了现在乡居生活的恬静与愉快,从而把自己在田间生活时候的心态表现了出来。

归园田居(其三)

陶渊明

种豆南山①下，草盛豆苗稀。

晨兴理②荒秽，带月荷③锄归。

道狭草木长，夕露沾我衣。

衣沾不足惜，但使愿④无违。

① 南山:庐山。

② 理:整治。

③ 荷:肩负。

④ 愿:指隐居躬耕、不与世俗之人同流合污的志愿。

素描

　　我辞官回乡,远远离开污浊的官场,在庐山下播种豆苗。在官场久了,农事已经生疏。豆子抽芽,可是田地里却是野草长得比豆苗更加茂盛。

　　现在,我每天天刚刚亮就起身。为了耕种,把田地里的杂草去除,整理地里芜杂的野生植物。斜阳西下,我依旧在田地里劳作,直到月亮从东方升起,我才扛着锄具回家休息。

　　田间的小路总是那么地狭长,周围还长了许多高高的野草,傍晚草叶上的露水打湿了我的衣服。虽然衣衫总是在途中沾满露珠,可这没有关系,不会打扰我平静的心绪。

我这样隐居躬耕,只是因为不屑与那些世俗之人同流合污。只要心愿达成,不违背我的志愿,什么苦难我都不会在意。

除了归隐乡间,我实在找不到更好的办法了。

鉴赏

　　陶渊明生活在东晋时期,他不愿在黑暗的官场中生活,回到了乡村隐居躬耕。这首诗描写了他每天早出晚归、辛勤劳动的生活。劳动虽然十分艰辛,但诗人说:只有坚持自己的理想,才是最珍贵的。陶渊明的田园诗,描写了田园风光的和谐自然,歌咏了乡村的劳动生活。

饮酒（其五）

陶渊明

jié lú zài rén jìng ér wú chē mǎ xuān
结 庐① 在 人 境②，而 无 车 马 喧 。

wèn jūn hé néng ěr xīn yuǎn dì zì piān
问 君 何 能 尔③？心 远 地 自 偏 。

cǎi jú dōng lí xià yōu rán jiàn nán shān
采 菊 东 篱 下，悠 然④ 见 南 山 。

shān qì rì xī jiā fēi niǎo xiāng yǔ huán
山 气⑤ 日 夕⑥ 佳，飞 鸟 相 与 还 。

cǐ zhōng yǒu zhēn yì yù biàn yǐ wàng yán
此 中 有 真 意，欲 辨 已 忘 言⑦ 。

① 结庐:建造房舍。结,建造、构筑。庐,简陋的房屋。

② 人境:喧嚣扰攘的尘世。

③ 尔:如此,这样。

④ 悠然:闲适淡泊的样子。

⑤ 山气:山间的云气。

⑥ 日夕:傍晚。

⑦ 欲辨已忘言:想要分辨清楚,却已忘了怎样表达。

素描

隐居在农村过着田园的生活,搭建起一间简单的房屋,周围环境安静宁和,听不见城市里喧闹的车轮声与马嘶声,自己的心境也变得淡泊。

有人问我:怎么样才能保持自己心境的平和? 我笑着回答他:住在乡村,距离尘世远了,心自然也就变得宁静。

秋天,我总是到房屋前的竹篱笆下观赏自己种下的菊花。有时见到开得特别漂亮的,情不自禁地采一朵。悠然间,那远处的南山映入眼帘。太阳落山的时候,山里的空气总是特别清新。外出了一天的飞鸟们,结伴着飞回鸟巢。

在乡村隐居的这些日子,从大自然中得到的启发,领会到的人生的真谛,是无法用言语也无需用言语表达的呀!

陶渊明是中国文学史上第一个大量写饮酒诗的诗人。他的《饮酒》二十首,以"醉人"的语气或指责是非颠倒、毁誉混杂的上流社会,或揭露世俗的腐朽黑暗,或反映仕途的险恶,或表现诗人退出官场后怡然陶醉的心情,或折射诗人在困顿中的牢骚不平。

这首诗,是《饮酒》二十首中的第五首,既表现出诗人悠然自得的感情,也写出了幽美淡远的景色,而且在情景交融的境界中,包含着世间万物各得其所的哲理。

木兰诗

乐府民歌

jī jī fù jī jī mù lán dāng hù zhī
唧 唧 复 唧 唧 ，木 兰 当 户 织①。

bù wén jī zhù shēng wéi wén nǚ tàn xī
不 闻 机 杼 声②，惟 闻 女 叹 息 。

wèn nǚ hé suǒ sī wèn nǚ hé suǒ yì
问 女 何 所 思 ，问 女 何 所 忆 。

nǚ yì wú suǒ sī nǚ yì wú suǒ yì zuó
女 亦 无 所 思 ，女 亦 无 所 忆 。 昨

yè jiàn jūn tiě kè hán dà diǎn bīng jūn shū shí
夜 见 军 帖③，可 汗④大 点 兵 ，军 书 十

èr juàn juàn juàn yǒu yé míng ā yé wú dà
二 卷 ，卷 卷 有 爷 名 。 阿 爷 无 大

ér mù lán wú zhǎng xiōng yuàn wéi shì ān mǎ
儿 ，木 兰 无 长 兄 ，愿 为 市 鞍 马⑤，

cóng cǐ tì yé zhēng
从 此 替 爷 征 。

东市买骏马，西市买鞍鞯⑥，
南市买辔头，北市买长鞭。旦
辞爷娘去，暮宿黄河边，不闻
爷娘唤女声，但闻黄河流水鸣
溅溅⑦。旦辞黄河去，暮至黑山
头，不闻爷娘唤女声，但闻燕
山胡骑鸣啾啾⑧。

万里赴戎机⑨，关山度若飞。
朔⑩气传金柝⑪，寒光照铁衣。将
军百战死，壮士十年归。

归来见天子，天子坐明堂⑫。
策勋⑬十二转，赏赐百千强⑭。可

汗问所欲，木兰不用尚书郎，愿
驰千里足，送儿还故乡。

爷娘闻女来，出郭相扶将；
阿姊闻妹来，当户理红妆⑮；小
弟闻姊来，磨刀霍霍向猪羊。
开我东阁门，坐我西阁床。脱
我战时袍，著我旧时裳，当窗
理云鬓，对镜帖花黄⑯。出门看
火伴⑰，火伴皆惊忙：同行十二
年，不知木兰是女郎。

雄兔脚扑朔⑱，雌兔眼迷离⑲；
双兔傍地走，安能辨我是雄雌？

注释

① 当户织：对着门织布。

② 机杼声：织布机发出的声音。杼，织布的梭子。

③ 军帖：军中的文告。

④ 可汗：古代我国北方和西北地区某些民族君主的称号。

⑤ 市鞍马：买鞍马。

⑥ 鞯：马鞍下的垫子。

⑦ 溅溅：流水声。

⑧ 啾啾：马叫声。

⑨ 戎机：军机、军事，这里指战争。

⑩ 朔：北方。

⑪ 金柝：古时军中使用的铜器，形状如锅，三足一柄，白天用来烧煮，晚上用来打更报时，也称"刁斗"。

⑫ 明堂：古代帝王举行大典的朝堂。

⑬ 策勋：记功勋于策书之上。

⑭ 强：有余。

⑮ 红妆：指女子的盛装。

⑯ 花黄：当时妇女贴在脸上的一种装饰。

⑰ 火伴：同伍的士兵。当时规定若干士兵同一个灶吃饭，所以称"火伴"。火，同"伙"。

⑱ 扑朔：爬搔。

⑲ 迷离：眼睛眯着。

素描

"唧唧，唧唧"，那是木兰在家里织布的声音。可是，一会儿听不见了机杼声，只有幽幽的叹息传来。究竟是什么事情使得木兰这样的烦恼？

原来昨天军帖下来了，可汗正在大规模地征兵，征兵名单里写着木兰爹爹的名字。可是爹爹没有成年的大儿子，木兰没有哥哥，没有人可以为年老的爹爹分担忧愁。爹爹年事已高，身体虚弱，再也不能参加征战。木兰决定女扮男装，替父从军。

木兰到集市上买来了骏马、马鞍、辔头和长鞭，准备了参军的行装，把自己打扮成男儿的模样。

清早,木兰告别了依依不舍的爹娘,踏上了征途。昨夜还睡在家里的床榻上,今天夜晚已经寄宿在黄河边。木兰再也听不见临别时候爹娘含着热泪的呼唤,耳边传来的只是黄河水奔腾不息的声音。第二天,离开黄河岸边继续行走,夜晚寄宿在黑山山头,离家更加遥远,听不见爹娘临别时候的温情呼唤,却能清楚地听见燕山那儿胡人战马的鸣叫。

　　木兰行走了千万里,翻山越岭,奔赴战场。从金柝的清脆声响里,传出阵阵寒气,清冷的月光照耀在身上的盔甲上。十年多来,一次次艰苦的战争,一场场血与肉的搏击,有的战士身死疆场,有的战士死里逃生,终于得以返回家乡。

　　在战火的洗礼中,木兰屡获战功,得到天子的朝见,天子端坐在厅堂里,一派君王的威严。他给木兰记下了功勋,还授予木兰很多的赏赐,并问木兰:"你还想要得到什么? 有什么要求吗?"木兰微笑着回答:"我不要您封赐给我的尚书官衔,只希望您能借给我一匹千里马,我想早日回到家乡,早日看见白发的爹娘!"

　　木兰终于在十多年的征战后,回到了阔别已久的家乡。年老的爹娘听闻女儿回来,激动极了,他们相互扶持着走出城门迎接;姐姐听说妹妹回家了,对着铜镜点唇描眉;弟弟听说姐姐回来了,拿出刀磨得亮亮的,忙着杀猪宰羊。

回到家的木兰看着昔日的家园,如在梦中。她打开旧日闺房的门,脱下征战时候穿的战袍,把以前的女儿裙拿出来换上。对着窗户,木兰重新整理起美丽的头发;对着铜镜,在额头贴上最流行的花黄。恢复了女儿家的面目后,木兰打开房门,跟同来的战友们打招呼。那些战友都吃惊地瞪大眼睛,茫然地看着她。这些一起参加征战的战友们,那么长时间与木兰在一起,竟然此刻才知道她是女儿身!

木兰笑靥如花地看着他们,说:提着兔子的耳朵将其悬空时,雄性的兔子两只前脚时时爬搔,雌性的兔子眼睛总是眯着的样子。虽然它们有不同的特点,但是当一雌一雄两只兔子贴近地面奔跑的时候,怎么能分辨出它们哪只是雄兔哪只是雌兔呢?

全诗在叙事中还具有浓厚的抒情意味。它不仅使读者看到了一位驰骋于烽火狼烟中的英雄,而且也看到了木兰对父母、故乡的拳拳深情。

　　这首诗还有一个特色:诗人擅长运用排比手法和复叠句式来抒情叙事。当然诗中也有一些简约传神的笔墨。这些语句对偶工整,诗意凝练,可能经过文人加工,但完全不影响整首诗的民歌风格。

迢迢①牵牛星

《古诗十九首》

tiáo tiáo qiān niú xīng jiǎo jiǎo hé hàn nǚ
迢 迢 牵 牛 星，皎 皎② 河 汉 女③。

xiān xiān zhuó sù shǒu zhá zhá nòng jī zhù
纤 纤 擢④ 素⑤ 手，札 札⑥ 弄 机 杼⑦。

zhōng rì bù chéng zhāng qì tì líng rú yǔ
终 日 不 成 章⑧，泣 涕 零⑨ 如 雨。

hé hàn qīng qiě qiǎn xiāng qù fù jǐ xǔ
河 汉 清 且 浅，相 去 复 几 许。

yíng yíng yī shuǐ jiān mò mò bù dé yǔ
盈 盈⑩ 一 水 间，脉 脉⑪ 不 得 语。

① 迢迢:形容路途遥远。

② 皎皎:形容很白很亮。

③ 河汉女:指织女星。河汉,银河。

④ 擢:伸出。

⑤ 素:白皙。

⑥ 札札:织机发出的响声。

⑦ 机杼:织机。杼,梭子。

⑧ 章:花纹。

⑨ 零:掉落。

⑩ 盈盈:清澈的样子。

⑪ 脉脉:相视无言的样子。

素描

晴朗的夜空,有一条银河在闪闪烁烁。

遥远的牵牛星在那里熠熠闪烁,而在明亮的银河的另一边,织女星同它隔河相对,却不能相聚在一起。

美丽的织女终日用纤纤素手在织布机上织布。织啊织啊，她的泪水不停地落下来，像雨水一样。她不能完整地织出布帛上的纹理。这是因为她害了相思而无心纺织。

　　银河，看起来是如此清浅的样子，牛郎就在对面，可是彼此相距有多远呢？

　　织女与牛郎，隔着银河依稀可以看到对方的模样，彼此相思却不能言语。

　　清澈的银河，看起来那么浅，然而却阻隔了一对有情人。

　　他们只能望着对岸，独自愁苦，为情所困，只有在每年农历七月七日才能在鹊桥相会。

　　古往今来，人间又有多少牛郎与织女呢？

　　这首诗写的是织女隔着银河遥思牛郎的愁苦心情，表现了其爱情受折磨时候的痛苦。这首诗的一个主要特点，就是有很多叠字，比如："迢迢""皎皎""纤纤""札札""盈盈""脉脉"。这些叠字有的是描写织女的举动和神情,有的是形容天上的星星和银河,十分生动形象。同时,这些叠字也把诗歌所要表达的情感更真切地表现了出来,让读者动容。

菩萨蛮

李　白

píng lín mò mò yān rú zhī　hán shān yī dài
平林①漠漠②烟如织，寒山一带

shāng xīn bì　míng sè rù gāo lóu　yǒu rén lóu
伤心碧。暝色③入高楼，有人楼

shàng chóu
上愁。

yù jiē kōng zhù lì　sù niǎo guī fēi jí
玉阶④空伫立⑤，宿鸟归飞急。

hé chù shì huí chéng　cháng tíng jiē duǎn tíng
何处是回程，长亭⑥接短亭。

① 平林:平展的树林。

② 漠漠:迷蒙的样子,形容烟气。

③ 暝色:暮色。

④ 玉阶:玉砌的石阶。这里泛指华美洁净的台阶。

⑤ 伫立:长时间地站着。

⑥ 亭:古代设在大路边供行人休息的亭舍。

素描

平展的树林之上暮烟笼罩,一片迷蒙的样子。寒意深深中,山峦里的这一片碧绿,让人心碎神伤。

暮色渐浓,高楼里的光线也跟着昏暗。站在高楼上,看着远方,我的心情无限惆怅。

现在正是鸟儿成双成对归巢的时候,看着它们往自己鸟窝的方向展翅,我不禁想起了在家里等待自己的爱人。此时此刻,她在干什么呢?她一定也正伫立在台阶旁,望穿秋水地等待着我,希望我尽早回家。然而,她并不知道我会从哪里踏上归程,只是一个人独自望着十里一长亭五里一短亭,凝神发呆。

思念是苦涩的。一个游子的全部思乡之情,有谁能够明白?

这是一首写旅客思家的词,反映了作者旅途无归的苦闷心情。整首词所透露的,是一种淡淡的离愁。

词的上片,用比兴的手法,用第三人称从侧面来表现作者的情感世界。

词的下片,作者把对家中爱人的思念,以及爱人对作者的期待与失望的心情表现了出来。作者用一个问句"何处是归程?"发出了内心最深切的感叹。最末一句,诗人又一次通过对景物的描写,发出旅途无归的唏嘘。

忆秦娥

李　白

xiāo shēng yè　qín　é　mèng duàn　qín　lóu　yuè
箫声咽，秦娥梦断①秦楼月。

qín　lóu　yuè　nián nián liǔ　sè　　bà　líng shāng bié
秦楼月，年年柳色，灞陵②伤别。

lè　yóu yuán shàng qīng qiū jié　xián yáng gǔ dào
乐游原③上清秋节④，咸阳古道

yīn chén jué　　yīn chén jué　　xī fēng cán zhào　hàn
音尘绝。音尘绝，西风残照⑤，汉

jiā líng què
家⑥陵阙⑦。

注 释

① 梦断:梦醒,被箫声所惊醒。

② 灞陵:地名,在今陕西西安东,因汉文帝陵墓在此,故名。附近有桥,为长安人士送别之所。

③ 乐游原:在长安东南郊,在唐代是游览之地。

④ 清秋节:指农历九月九日的重阳节。

⑤ 残照:指落日的光辉。

⑥ 汉家:汉朝。

⑦ 阙:陵墓前的牌坊。

素 描

箫声凄咽,惊醒、打动了一位美貌的女子。月光如水般地照耀着楼阁。

楼阁的外面,几株柳树摇曳着枝叶。时间一年年过去,这些柳树总是年复一年地抽芽、茂盛、枯黄、凋零……长安东边的灞陵桥是人们送客别离的地方,亲友们在这里折柳赠别。

在清秋落寞的时节里,在乐游原上四望,视野开阔,可以看见全城的景物。可是远赴西北的爱人啊,却依旧音讯全无。什么时候才能等到他的消息?

西风已经刮起,落日残阳斜斜地照耀在汉朝皇帝的陵墓上。

原来,思念竟是这样折磨人!

 鉴赏

这首词的上片描写的是思念离人的愁苦与凄切,以月色柳色为景物衬托,把情感表现得真真切切。词的下片从怀念远人渗入了怀古伤今的深意,使得整首词的意境有了突破,气象也就此开阔起来,显得雄伟壮阔。

渔歌子

张志和

xī sài shān qián bái lù fēi táo huā liú
西 塞 山 前 白 鹭 飞 ， 桃 花 流

shuǐ guì yú féi   qīng ruò lì lù suō
水① 鳜 鱼② 肥 。   青 箬 笠③ ，绿 蓑

yī   xié fēng xì yǔ bù xū guī
衣④ ， 斜 风 细 雨 不 须⑤ 归 。

① 桃花流水:桃花盛开的季节正是春水盛涨的时候,俗称桃花汛或桃花水。

② 鳜鱼:俗称"桂鱼",色青黄,间以黑斑,肉质鲜美。

③ 箬笠:竹叶或竹篾编的斗笠。

④ 蓑衣:用草或棕麻编织的雨衣。

⑤ 不须:不一定要。

素描

春天的江南。

西塞山前,一行白鹭在飞。它们扑闪着洁白的翅膀,白色的羽毛映衬着山林,倒映在河水里。满林的桃花盛开着,展现它们灿烂的笑颜。

桃树下汩汩流动的河水,倒映着粉色、白色的桃花身影。在这美丽的身影下,你可以看见肥美活泼的鳜鱼。它们青黄色的身子上,间杂着美丽的黑色斑纹。它们摇摆着尾鳍，一副悠然自得的模样。

不远处的河面上，漂泊着一叶扁舟。舟上站着一个渔翁，戴着一顶青色的箬笠，穿着一身绿色的蓑衣。

此刻的天空，正飘着如织的细雨。可这渔翁却在这斜风细雨里一动不动地站立着，丝毫没有想回家的意思。他一边自在地垂钓着，一边尽情地享受着细雨带来的动人景色。

他就这样一直站着，把自己也融入了风景。

这首词描写了江南水乡春汛时期捕鱼的情景，有山光水色的秀丽，也有渔翁悠闲自在的垂钓生活，仿佛一幅用诗句写就的山水画。除此之外，词中还寄托了作者热爱自由、热爱自然的情怀。他通过对渔家生活的赞美，表达了自己对隐居生活的向往。

忆江南

白居易

jiāng nán hǎo
江 南 好 ，

fēng jǐng jiù céng ān
风 景 旧 曾 谙①。

rì chū jiāng huā hóng shèng huǒ
日 出 江 花② 红 胜 火③，

chūn lái jiāng shuǐ lù rú lán
春 来 江 水 绿 如 蓝④。

néng bù yì jiāng nán
能 不 忆 江 南？

① 谙：熟悉。

② 江花：江边的花朵。一说指江中的浪花。

③ 红胜火：颜色鲜红胜过火焰。

④ 蓝：蓝草，其叶可制青绿色的染料。

素 描

　　江南真是好地方啊，风景秀丽，山水如画，一切看起来都似曾相识。

　　可是，这眼前的江南，究竟为什么会让人感到似曾相识呢？原来，它美得与我心中的江南一模一样。

　　每天，当太阳跳跃出江面的时候，红艳艳的阳光普照在江水上，只见一片通红的色泽，比火焰还要红润明亮。

　　当春天的脚步踏上江南的土地，和煦的微风便吹绿了两岸的树与草。这可爱的青绿的色彩，倒映在轻轻动荡的江面上，把整片的江水都变幻成碧绿。这江水的绿啊，就像是用蓝草染出来的一样。

如此美妙而动人心魄的风景啊,怎么能不让我回味与思念呢?

啊,我心中的江南!

作品写的是江南春色。首句"江南好",一个既浅切又圆活的"好"字,把江南春色的种种佳处全部包含其中,而作者的赞颂之意与向往之情也尽寓其中。词中描绘的江花、江水红绿相映。一句"红胜火",一句"绿如蓝",把两个明艳的色彩勾画出来,给读者以光彩夺目之感。在这色彩表现中,既有同色之间的相互烘托,又有异色之间的相互映衬,充分显示了作者善于"着色"的技巧。最后一句"能不忆江南"收束全词,显得格外出彩。

菩萨蛮

温庭筠

小山①重叠金明灭②，鬓云③欲度④香腮雪⑤。懒起画蛾眉⑥，弄妆梳洗迟。

照花前后镜⑦，花面⑧交相映。新贴绣罗襦⑨，双双金鹧鸪。

① 指床前屏风上的画景。

② 金明灭:形容日光在画屏上闪烁不定。

③ 鬓云:鬓发浓密蓬松如云。

④ 度:越过,滑过,这里是纷披的意思。

⑤ 雪:白净如雪。

⑥ 蛾眉:蚕蛾触须般细又弯的眉毛,多指美人之眉。《离骚》里有"众女嫉余之蛾眉兮"的诗句。

⑦ 照花前后镜:用前后两面镜子对照着把雕花首饰插在头上。

⑧ 花面:指花色和女子的容颜,这是化用唐代崔护的诗句"人面桃花相映红"。

⑨ 襦:短衣,短袄。

素 描

　　早晨醒来,我看到床前屏风上的画中小山重叠,日光在画屏上闪烁不定。

我漆黑的头发如同云一样披散着,衬得面庞雪白。今天起床之后,化妆梳洗晚了,对着铜镜,依旧懒得描画蛾眉,整个人慵懒得不想做任何事情,内心百无聊赖。

　　慢腾腾地开始梳洗打扮,对着镜子,把云鬟上的珠花插上,对着妆台上的座镜从正面照照,又拿着带柄的手镜从背后照照,端详珠花是否妥当。花与人面互相映衬,显得娇媚动人。

　　刚穿上的绫罗裙襦,绣着一双双金鹧鸪。

　　这首词描写了一女子内心深处的哀怨与柔情。这种感情是通过词中女子晨起梳妆的过程曲折地表现出来的。作者对人物外貌和内心的刻画颇为精工。

摊破浣溪沙

李 璟

菡萏①香销翠叶残，西风愁起绿波间。还与韶光②共憔悴，不堪看。

细雨梦回鸡塞③远，小楼吹彻④玉笙寒。多少泪珠何限恨，倚阑干。

① 菡萏:荷花的别称。

② 韶光:美好的时光。

③ 鸡塞:汉朝的边塞,此处指遥远的边关。

④ 吹彻:吹遍。

素描

池中的荷花已经衰败,花瓣残落,一副萎蔫的样子。昔日的芬芳,已逐渐消散。曾经碧绿青翠的叶子,现在已经凋零残败,不再有往日的风采。

西风阵阵吹来,水面上泛起了层层绿波。我的容颜也像这一去不复返的美好时光一样憔悴衰老,真是不堪对镜自看!

在细雨迷蒙中,我从梦中醒来,心上人所在的边塞显得那么遥远。

我不禁独自来到小楼上,拿出玉笙吹了起来。这玉笙吹出的声音在空中飘荡,哀哀地叙述着内心的哀伤。

回首往事，眼泪情不自禁地滴落下来。我倚着栏杆，心中充满无限惆怅。

这首词借景抒情，通过凋零的夏末景象，衬托出作者的思念与惆怅。从池面花、叶到人物的愁情，从小楼里传出的哀伤凄凉的音符到晶莹的泪水，无不让读者真切地感受到作者发自内心的情感。其中"不堪看"，更是如作者的轻叹与唏嘘一样，为整首词带上了浓重的哀愁。

"菡萏香销翠叶残，西风愁起绿波间""细雨梦回鸡塞远，小楼吹彻玉笙寒"都是千古名句。

虞美人

李 煜

chūn huā qiū yuè① hé shí liǎo② wǎng shì zhī duō
春花秋月①何时了②，往事知多

shǎo③ xiǎo lóu zuó yè yòu dōng fēng gù guó④ bù
少③。小楼昨夜又东风，故国④不

kān huí shǒu yuè míng zhōng
堪回首月明中。

diāo lán yù qì⑤ yīng yóu zài zhǐ shì zhū yán
雕栏玉砌⑤应犹在，只是朱颜

gǎi⑥ wèn jūn néng yǒu jǐ duō⑦ chóu qià sì yī
改⑥。问君能有几多⑦愁，恰似一

jiāng chūn shuǐ xiàng dōng liú
江春水向东流。

注释

① 春花秋月:指季节的更替。

② 了:了结,终止。

③ 往事知多少:意思是多少往事都难以忘却。

④ 故国:指南唐。

⑤ 雕栏玉砌:雕饰华美的栏杆和用玉石砌成的台阶,代指南唐的宫殿。

⑥ 只是朱颜改:只是红润的容颜改变了。指人已憔悴。

⑦ 几多:多少。

素描

面对春花秋月,情不自禁地想起以往的许多欢乐,依旧有人在歌舞升平地快乐着。此时此刻,多少前尘往事一起涌上心头!

可是,过去的早已经过去。我独自居住的这个小小的楼阁,昨晚有东风吹进,那是又一个新的春天来临的脚步。年复一年,月亮始终悬挂在天空,我的国家却已经残破不堪,再也不忍心去回顾了。

想来,昔日宫殿里雕花的栏杆和玉石砌成的台阶,它们一定依旧没有改变,在那里等着我。可是,物是人非,我的容颜也已经憔悴,我早已不是当年的我了。

人啊,活在这个多变的世界上,到底有多少忧愁呢?

这种忧愁,这种惆怅,就像那春天的江水一样,滚滚东流,永远不会止息。

　　这首词从提问开始,最后以一个回答结束。从问天、问人而到自问,通过凄楚中不无激越的音调和曲折回旋、流走自如的艺术结构,使作者的愁思贯穿始终,形成独特的艺术效果。

　　这首词,表达出了作者物是人非的感触,反衬出他的囚居异邦之愁,用以描写作者由珠围翠绕、烹金馔玉的国主变为长歌当哭的阶下囚的心境,情感真切而深刻。

浪淘沙·帘外雨潺潺

李 煜

帘外雨潺潺①，春意阑珊②。罗衾不耐③五更寒。梦里不知身是客，一饷④贪欢⑤。

独自莫凭栏！无限江山，别时容易见时难。流水落花春去也，天上人间⑥。

① 潺潺：形容雨声。

② 阑珊：衰残，将尽。

③ 不耐：受不了。

④ 一饷：片刻。饷，通"晌"。

⑤ 贪欢：指贪恋梦境中的欢乐。

⑥ 天上人间：如天上人间的阻隔，永无见期。

素描

凌晨时分，天气依旧有些凉意，薄薄的被子似乎不能抵挡黎明前的寒气。晚上睡觉，我经常会梦见自己，而梦里丝毫不知道自己已经是别人的阶下囚。这种香甜的睡梦，是那么令人迷恋。

珠帘外正下着不小的雨，雨声传到帘子里。这雨，似乎是在宣告春天即将衰残，美丽的时光不再回来。

当独自一个人的时候，我总是不敢倚栏远望，看到眼前无限辽阔的江山，伤感与惆怅环绕在心间，难以自拔。

告别是容易的,然而要重新回到那个时候去,却是再也不可能的了。

流水一去不复返,花儿零落成泥土,春色已经远去。这种遗憾,这种惆怅,长存于天上人间。

 鉴赏

这首词用的是倒叙手法。帘外雨,五更寒,是梦后事;忘却身份,一晌贪欢,是梦中事。潺潺春雨和阵阵春寒,惊醒残梦,使主人公回到了真实的凄凉景况中来。

"独自莫凭栏",又作"独自暮凭栏",由此引发的一句感叹"别时容易见时难",就成了千古绝唱!

相见欢

李　煜

wú yán dú shàng xī lóu　yuè rú gōu　jì
无言①独上西楼，月如钩。寂

mò wú tóng shēn yuàn suǒ qīng qiū
寞梧桐深院锁②清秋。

jiǎn bù duàn　lǐ hái luàn　shì lí chóu
剪不断，理还乱，是离愁③。

bié shì yī bān zī wèi zài xīn tóu
别是一般滋味在心头。

注释

① 无言:无语,形容孤独。

② 锁:形容孤寂的感觉。

③ 离愁:指去国之愁。

素描

　　带着孤独的哀愁,拖着孤寂清冷的脚步,我走上这个楼阁。此刻,弯月如钩,悬挂上空。院子里那一棵棵梧桐树,在这一弯冷月的惨照之下,显得格外凄冷而寂寞,庭院也显得更加安静而幽深。

　　这样一个清秋时节,怎不让人愁肠百结。

　　这满腔的愁绪啊,如同丝线一样地缠绕着,纠结着……即使我的手里有一把剪刀,却也没有办法把它剪断;即使我的手里有一把梳子,却还是没有办法把它梳理整齐。

　　心乱如麻!

愁情啊,离别的愁情,让我思念故土,让我思念昔日的快乐时光。想起故国,真是让人心里有说不出的悲哀。

　　可是,我的悲伤与哀愁,向谁去说? 又有谁会知晓? 那充溢心中的滋味真是难以言传。

鉴赏

　　这首词表现出作者离乡去国的锥心怆痛,写尽了世间的离愁别恨。词中情与景的结合,显得十分自然。梧桐与作者的寂寞融合在一起,同时也是衬托,两者已经达到无法也无需分辨的地步,因为情与景在某种特定的场合,就是这样妙合无垠、难分彼此的。

清　明

王禹偁

wú huā wú jiǔ guò qīng míng
无 花 无 酒 过 清 明，

xīng wèi xiāo rán sì yě sēng
兴 味① 萧 然② 似 野 僧。

zuó rì lín jiā qǐ xīn huǒ
昨 日 邻 家 乞③ 新 火④，

xiǎo chuāng fēn yǔ dú shū dēng
晓⑤ 窗 分 与 读 书 灯。

① 兴味:兴趣、趣味。

② 萧然:萧索的样子。

③ 乞:讨。

④ 新火:唐宋习俗上是清明前禁火寒食,到清明节再起火,称为"新火"。

⑤ 晓:清晨。

素描

寒食节的禁火已经过去,家家户户开始准备过清明。灶台里的新火已经燃起,外面正是春暖花开举家踏青的时节。

我过着贫穷困苦的生活。清明节里,我既没有心境游山玩水、赏花观绿,也没有钱买酒吃肉。生活穷困潦倒、兴味索然,这样的我就跟拿只钵盂乞讨的苦行僧一样。

昨天,我向邻居借来刚开禁后的"新火"。这火苗,给我带来了一整天的粗茶淡饭,也给我带来了夜晚的秉烛苦读。天色微明,晨曦透过窗扉进入我的陋室,桌上荧荧的灯火开始变得微弱,我的手里还紧握着读了一夜的书。

这样的生活还会持续多久?

春天已经来到了这个农家小院。赶考的日子,也已经不远了。

全诗感情真挚,充满感叹与惆怅,既真实而形象地表述了穷困潦倒的书生的生存状态,也含蓄地抒发了他刻苦攻读时的迷茫心态。

王禹偁是北宋文学家,出生在一个世代务农的家庭,早年家境贫寒,后中进士,任右正言。由于刚直敢言,屡遭贬斥。他的诗风平易朴素,诗文多揭露当时的政治现实。

江上渔者

范仲淹

jiāng shàng wǎng lái rén dàn ài lú yú měi
江 上 往 来① 人 ， 但② 爱 鲈 鱼 美 。

jūn kàn yī yè zhōu chū mò fēng bō lǐ
君③ 看 一 叶 舟 ， 出 没 风 波 里 。

① 往来：来来往往。

② 但：单单，只是。

③ 君：你，你们。

素 描

碧波浩渺的江面上，船只来来往往，人们搭乘着客船畅游在江面上，饱览周围秀丽的景色，呼吸着清新甜美的空气。

在这里，人们用船来做交通工具。这些在江上往来的人们，最喜爱的是江里新鲜鲈鱼的美味。烟波千里，风景如画，再加上品尝鲜嫩的鲈鱼美味，这何尝不是人生一大乐事呢？

可是，你们看，远处有一叶孤舟在江水里漂泊。浩浩荡荡的江水在风浪的推动下，时而涌起阵阵惊涛。可是，这只小船却依旧在这样的风浪里执着地行走。它在波涛里时隐时现，无所畏惧地迎着水波前进。这是捕鱼的渔民呢！他们为了生活，即使风浪再大，也要在江上捕鱼。

这鲈鱼，可真是来之不易啊！

鉴赏

　　这首诗语言虽然浅显，却带有深意，耐人寻味。

　　诗中表现了两种人：一种是在船上看风景食鲈鱼的享受之人，一种是冒着大风浪捕捉鲈鱼的渔民。这首诗，正是通过享受者和劳作者的对比，写出了作者心中的忿忿不平，以及对劳动人民辛苦生活的同情。

咏华山①

寇　准

只有天在上，更无山与齐②。
举③头红日近，回首白云低。

注释

① 华山：山名，在今陕西省。

② 与齐：与之齐的省略，这里指与华山一样高。齐，一样高。

③ 举：抬。

素描

攀登上华山的顶峰，看着蓝天下云雾笼罩的山峰。群峰环绕着它，却没有一座山峰能够与它一样挺拔雄伟。如此看来，华山该是天下最高的山峰了吧？

抬起头来，明亮的太阳就挂在自己的头顶，照耀着四方。这红艳艳的太阳看起来是那么近，那么生动。

低下头来，白云环绕着，它们轻轻飘浮，如同在脚下移动一样。云变得那么低，华山的高度都比它高了许多。

回想刚才从山脚下一步一步爬上来，尽管有点累，但是，移步换景，每走一步都可以看到不同的景色。这样走着走着，也就不觉得累了。

是啊,没有刚才的辛苦,怎能看到此刻的美景呢?

　　这首诗,布局严谨而有章法,词句之间很有气势。诗人通过这样的诗句,除了把华山挺拔雄伟的气势生动地表现了出来之外,还表现出了其高远的追求。

陶　者①

梅尧臣

陶②尽门前土，屋上无片瓦。

十指不沾泥，鳞鳞③居大厦④。

① 陶者:烧制陶器的人,这里指烧瓦工人。

② 陶:同"掏",指挖土烧瓦。

③ 鳞鳞:形容屋瓦如鱼鳞般整齐排列。

④ 大厦:高大的房子。

素 描

　　为了烧制瓦片,烧瓦工人几乎挖尽了家门前的泥土。可是,他们的生活依旧是那么艰难困苦,只能住在简棚陋室之内,甚至没有钱在自家屋顶上铺瓦片。

　　那些富豪贵族们,终日手指洁净,不沾一星半点的泥土。他们从来不参加劳动,更不会去干挖泥制瓦的苦活,但他们居住的房顶,却铺满了像鱼鳞一样密集有序的上等瓦片。

　　为什么人与人会这样不平等?难道这就是命运吗?

这是一首五言绝句,简练通俗,却字字悲辛,句句含泪。劳动者一无所有的穷困生活与统治者不劳而获的寄生生活的鲜明对比,诗人以质朴的语言写出来,显得十分轻巧而不突兀。这首诗,对封建社会的黑暗现实,尤其是对当时阶级对立的状况,揭露得十分深刻,表达了作者对劳动人民的深厚感情。

戏答元珍

欧阳修

chūn fēng yí bù dào tiān yá
春 风 疑 不 到 天 涯，

èr yuè shān chéng wèi jiàn huā
二 月 山 城① 未 见 花。

cán xuě yā zhī yóu yǒu jú
残 雪 压 枝 犹 有 橘，

dòng léi jīng sǔn yù chōu yá
冻 雷② 惊 笋 欲 抽 芽。

yè wén guī yàn shēng xiāng sī
夜 闻 归 雁③ 生 乡 思，

bìng rù xīn nián gǎn wù huá
病 入 新 年 感 物 华④。

céng shì luò yáng huā xià kè
曾 是 洛 阳 花 下 客，

yě fāng suī wǎn bù xū jiē
野 芳⑤ 虽 晚 不 须 嗟。

注释

① 山城：指夷陵（今湖北宜昌），境内多山。

② 冻雷：早春的雷声。

③ 归雁：春季北飞的雁。

④ 物华：美好的景物。

⑤ 野芳：野花。

素描

夷陵山城是个荒僻冷落的地方，它的荒凉让人觉得连春风都不会吹到这块土地。早春时节，别处都已经春色缤纷，可这里的百花却还没有绽放。

这荒凉的山城自有它早春的风景：残雪压枝头，逐渐在温暖中融化，树枝上隐约可见没有摘完的橘子，红润可爱；几次惊雷过后，土地下的春笋破土而出。

入夜，我听见北归的春雁阵阵鸣叫，内心的思乡情绪萦绕起来，久久不能消散。年复一年，斗转星移，我拖着这衰病的身躯到了新的一年，怎能不感叹时光的流逝呢？

想当年，我也曾经是洛阳名园的常客，看尽繁华似锦的风光。

在这冷僻之地，山花虽然开得迟，却也总有怒放的时候呀！

 鉴 赏

全诗写出了诗人生活环境的荒凉，饱含了他思念故乡的情怀与感慨。诗中充满真切的情感，语句清新，朴素流畅，不落俗套。貌似口语，实际很讲究。全诗节奏给人的感觉是流动连贯，在虚实相连、起承转合之间，显现出诗人跌宕起伏的情感。

春日词五首（其三）

欧阳修

红雾①初开上晓霞，

共惊风色变年华②。

香车遥认春雷③响，

庭雪先开玉树花。

注释

① 红雾:太阳初升时的光芒使得云雾呈现出红色。

② 年华:时光,年岁。

③ 春雷:形容车轮滚动的声音。

素描

天开始亮了。

金红色的晨曦透过早上的云雾,几缕绚丽的彩霞飞上了天。

人们忽然惊异地发现:树抽芽了,草变绿了,春天已经悄悄地降临,新的一年开始了!

在这初春到来的时候,连那些平日里足不出户的女子,也纷纷搭乘马车出城踏青游览。车轮滚滚,夹杂着人们的欢声笑语。这声音,就如同天上的春雷一样响亮欢快。

在庭院里,尽管树木上的积雪尚未完全融化,不过,挂着积雪的玉树上,已经有许多迎接春天的花朵在悄悄地绽放,它们用美丽的笑容迎接着刚刚到来的和煦春风。

漫长的冬天终于过去了。

春天,真的来了!

这是一首颂扬春天气息的小诗,巧妙地从侧面表现出春的情致,有声有色,有动有静,富有情趣,打动人心。

全诗从天上的晨曦,写到庭院里的花;从初春的景色,写到人们的欣喜。全诗虽然只有短短的几句,却把春天刚刚来临时的景象真实而有风韵地表现了出来。

淮①中晚泊②犊头③

苏舜钦

chūn yīn chuí yě cǎo qīng qīng
春 阴 垂 野 草 青 青，

shí yǒu yōu huā yī shù míng
时 有 幽 花 一 树 明。

wǎn bó gū zhōu gǔ cí xià
晚 泊 孤 舟 古 祠④下，

mǎn chuān fēng yǔ kàn cháo shēng
满 川⑤风 雨 看 潮 生。

① 淮：淮河。

② 泊：停靠。

③ 犊头：古镇名，又名"渎头"，在淮河边。

④ 祠：祠堂，宗庙。

⑤ 满川：满河。

素 描

一叶扁舟，斜斜地在淮河上缓慢飘过。

河两岸的风景，都笼罩在迷蒙的雾气里。黑压压的乌云，像罩子一样，笼盖了整片绿色的原野。浓密的青青小草，在风中轻轻地摇摆着，时不时地能看见开满绚丽清幽花朵的树木，明媚地一闪而过。

天色，已近黄昏时分。风起了，小船停泊在荒凉的古庙下。

天渐渐地黑了，船仓里的灯火幽幽地亮起。透过窗户，看见船舱外已经开始下起渐渐沥沥的雨来。探出身子张望,只见江面上一阵阵的风雨袭击着,你可以看见一个个细小的水坑。

雨越下越大,越下越密……

潮水涨高了,波浪拍打着江岸,浪花调皮地飞溅着。

　　这首七绝,笔触细腻,工于炼意,从风景实物到气氛,表现了很多不同的事物,为读者描绘出一幅美丽的画卷。全诗寥寥几句,却动静结合,色彩结合,明暗结合,这些特点巧妙地融合起来,和谐而有境界。

乡　思

李　觏

rén yán luò rì shì tiān yá
人 言① 落 日② 是 天 涯，

wàng jí tiān yá bù jiàn jiā
望 极③ 天 涯 不 见 家。

yǐ hèn bì shān xiāng zǔ gé
已 恨 碧 山 相 阻 隔，

bì shān hái bèi mù yún zhē
碧 山 还 被 暮④ 云 遮。

素描

听说太阳落下的地方是天涯，对此，我深信不疑。我总是在落霞满天的时候，向着太阳落下的地方眺望。

故乡再远，也远不过天涯。然而，当落日西沉的时候，我纵目远眺，看尽了彩霞的最深处，依旧找不到我的家园。啊，故乡，我的故乡，到底怎样才能看到你？

夕阳的烂漫，在渐渐消退。那一轮落日，正慢慢地接近地平线。我眺望的视线被眼前的青山阻隔，心中已充满怨愤，可是那层昏暗的云雾，又偏偏把青山也遮挡了起来，怎不让人忧心忡忡？

看不见眼前的风光，故乡的路更加无法找到。真不知道自己什么时候才能冲破这些阻隔,回到我朝思暮想的故乡?

游子的心啊,何时才能停止漂泊?

这是一首表现游子思念家乡的诗,构思相当精巧,以时间的推移为线索,以时空的变幻为背景,以光色的变化为衬托。

诗人通过对景物的刻画,逐渐转折变化,一层层地把感情深入下去。最后,诗人把主观的情感完全融化在客观景物的描写之中,并且使得情感逐渐沉重,把思乡的情感表现得哀怨凄恻,悠长缠绵,感人肺腑。

山村咏怀

邵 雍

yī qù èr sān lǐ，yān cūn sì wǔ jiā
一 去① 二 三 里，烟 村② 四 五 家。

tíng tái liù qī zuò，bā jiǔ shí zhī huā
亭 台③ 六 七 座，八 九 十 枝 花。

素 描

　　如果从这里出发，大概有两三里路的样子，你可以看见一个被烟雾笼罩的小小的村落。

　　这个村落里的住户不多，大约也就是四五户人家的样子。他们祖祖辈辈一直在这里辛勤耕作，日出而作，日落而歇，过着与世无争的田园生活。

　　在这个幽静的地方，还有不少亭台，走累了，可以随时坐下来歇歇脚。亭台有七八座的样子。

　　在这些亭台之间，有不知名的花在路边盛开着，约莫有八九十来枝。

鉴赏

　　这是一首数字诗，作者在诗歌中恰当地嵌入数字，巧妙地构成诗篇。诗中用了从"一"到"十"十个数字，安排相当巧妙，按照数字的顺序，把这些数字与一系列的量词结合起来，新颖而且富有变化，读来朗朗上口。

梅　花

王安石

qiáng jiǎo shù zhī méi　　líng hán dú zì kāi
墙　角　数　枝　梅，凌　寒①独　自　开。
yáo zhī bù shì xuě　　wèi yǒu àn xiāng lái
遥②知　不　是　雪，为③有　暗　香④来。

注释

① 凌寒：冒着严寒。

② 遥：远远地。

③ 为：因为。

④ 暗香：清幽的香气。

素描

　　天气寒冷刺骨，到朋友家做客，他却不在家，没有遇见。

　　独自走到庭园一角，隐隐约约有幽香袭来。感受到如此清幽的香气，不禁想去找寻它的源头。于是，我循香而去，发现原来在园子的一角，有一株白梅正喷香吐艳，默默开放。

　　它铁杆虬枝，丰姿俊拔。梅花的清姿，如同冬日里洁净的白雪。它不畏凌寒，不顾众芳的凋谢，傲然盛开，美丽高洁。

　　在这白雪皑皑的冬季，竟然有这么顽强的生命，释放出如此芬芳的气息,太让人感叹了。

　　这是一首咏物诗。诗中把梅花当作一种可以同人进行交流的生命来对待,在物我互释中,塑造了高洁稳健而有为的志士化的品格原型。可以说,在梅花上,寄托了诗人自己的品行和追求。

　　这首诗采用了拟人手法,从志士角度发掘梅花的品格内涵。这数枝梅花虽寄身墙角,但志气不凡,不畏严寒,傲然怒放。

泊船瓜洲①

王安石

京口②瓜洲一水间，
钟山③只隔数重山。
春风又绿④江南岸，
明月何时照我还。

① 瓜洲:在今江苏扬州一带,位于长江北岸。

② 京口:在今江苏镇江,位于长江南岸。

③ 钟山:今江苏南京紫金山。

④ 绿:吹绿。

素描

春天,长江两岸春意浓浓。

船离开家乡,慢慢地行驶在大江里。京口是历史名城,它同长江北岸的瓜洲隔着浩浩汤汤的江水,彼此遥遥相望。

在浩渺的大江之中,现在泊船的位置距离钟山没有多远,基本上可以隔山相望,再过几座山,就到了。

此时,春风已经吹遍了江南的土地,树枝抽芽,百花吐香,一片芳草萋萋,绿茵照眼,满目的春意盎然!

朗朗的明月啊,我什么时候才可以告别仕途的风波险恶,重新回到金陵的钟山脚下,过淡泊的隐居生活?

如果有那么一天，我一定会乘一叶扁舟，带一名小童，背一只书箱，在朦胧的月色之下，赶回我的家乡。

这是一首刚离家而又思念家乡的名作。"春风又绿江南岸"，诗句中的一个"绿"字，既出意境，又表心境，极富表现力。"绿"字，原来是一个形容词，这里诗人把形容词临时活用作动词，意思是，春风把长江两岸的鱼米之乡都吹绿了。

全诗基调清丽畅快，意境尽出。绿色的春天、明朗的月色，包含着夜色灰暗、山水朦胧、离愁凄苦和对隐退官场的向往。这些情感，在无数读者心里激起了无限波澜。

书湖阴先生壁（其一）

王安石

máo yán cháng sǎo jìng wú tái
茅　檐　长　扫　静　无　苔①，

huā mù chéng qí shǒu zì zāi
花　木　成　畦②手　自　栽　。

yī shuǐ hù tián jiāng lù rào
一　水　护　田　将　绿　绕　，

liǎng shān pái tà sòng qīng lái
两　山　排　闼③送　青　来　。

① 苔:青苔。

② 畦:有土埂围着的排列整齐的田地。

③ 排闼:推开门。闼,小门。

素 描

虽然只是几间简朴的茅舍,然而却檐洁壁净,看不见尘土,连石头上都没有一点青苔的痕迹。一切看起来都清静温馨,平和清淡,没有俗世的纷扰。

在房子的周围,主人亲手栽种的花木一行行地排列着,一切都是那么井井有条。微风轻拂之下,花木摇摆着身姿,一副清秀可人的模样。

不远处,有一条快活的小河流。它环绕着几方田地,呵护着田地间葱葱的绿意,给它们的成长提供充分的水分,俨然是这些禾苗的守护者。

绿色的青山,清新的空气,浓郁的芬芳,它们是那么地"多情",还没等你邀请,就已经迎着你的目光来到屋中。

如此安静平和的农家生活，怎不让人觉得舒心而宁静？

这首小诗通过描写周遭的景物来赞美主人的品格和性情。然而，归根结底，这首诗还是抒写了诗人自己的思想情操，表达出诗人退休闲居的恬淡心境，以及从田园山水、从与平民交往中所领略到的无穷乐趣。可以说，这是一首清新可爱的田园诗。

元　日^①

王安石

bào zhú shēng zhōng yī suì chú
爆　竹　声　中　一　岁　除，

chūn fēng sòng nuǎn rù tú sū
春　风　送　暖　入　屠　苏^②。

qiān mén wàn hù tóng tóng rì
千　门　万　户　曈　曈^③日，

zǒng bǎ xīn táo huàn jiù fú
总　把　新　桃　换　旧　符^④。

注 释

①元日:指农历正月初一。

②屠苏:这里指一种酒,根据古代风俗,常在元日饮用。

③瞳瞳:形容太阳出来后天色渐亮的样子。

④新桃换旧符:用新桃符换下旧桃符。桃符是古代新年时悬挂于大门上的辟邪门饰,春联的前身。

素描

正月初一,在热闹喧沸的爆竹声中,人们喜气洋洋地除旧迎新,欢度新年这个传统佳节。

初春的风,送来了温暖的气息,全家人欢聚一堂,按着长幼的次序,畅饮屠苏酒,表示对新春的庆祝。

清早的太阳缓缓升起,晨曦照耀在闪亮的露珠上,晶莹可爱。

在这样的新年早晨,按着民间的习俗,千家万户在自家大门上更换了桃符,一来是为了辟邪,二来是表示除旧迎新,一切重新开始。

　　这是一首家喻户晓的名篇佳作,写出了我国民间过年的习俗:放爆竹、饮醇酒、换桃符等。种种喜庆的气象,表现了人们热爱生活的欢悦心情。这首诗寄寓着人们对生活的美好期望。全诗充满着乐观主义情绪。

登飞来峰①

王安石

fēi lái shān shàng qiān xún tǎ
飞 来 山 上 千 寻② 塔，

wén shuō jī míng jiàn rì shēng
闻 说③ 鸡 鸣 见 日 升④。

bù wèi fú yún zhē wàng yǎn
不 畏 浮 云 遮 望 眼，

zì yuán shēn zài zuì gāo céng
自 缘⑤ 身 在 最 高 层。

① 飞来峰：即浙江绍兴城外的宝林山，唐宋时其上有应天塔，故又俗称"塔山"，古代传说此山自琅琊郡东武（今山东诸城）飞来。

② 寻：古代长度单位。八尺（一说七尺）为一寻。

③ 闻说：听说。

④ 日升：日出。

⑤ 缘：因为。

素描

在浙江绍兴城外，有一座飞来峰。

飞来峰本身并不是很高，但飞来峰上的千寻塔，却让它挺拔高耸起来。

听人说，清晨，在那里向着东方遥遥而望，可以看见一轮充满着朝气的新生红日徐徐升起。太阳在天边的云层里一跃而出的壮观景象，总是令人惊喜和赞叹。

为什么我能够那么清楚地看见东方升起的旭日？为

什么我能在叠叠浮云遮蔽的情况下,依旧那么清楚地看见太阳的新生?

那是因为我站立在如此高的地势上,把所有的天地都看清楚了的缘故啊!

　　这是一首哲理诗。全诗充满了诗人的壮志豪情:虽然形势艰难,但只要自己有勇士之志,只要能把握机遇,运筹帷幄,高瞻远瞩,认清正确的发展方向,就一定能看见光明与辉煌的出现。

　　此诗表现出诗人的决心与勇气,流露出他可贵的坚毅品质以及一往无前的无畏精神。

村　居

张舜民

shuǐ　rào　bēi　tián　zhú　rào　lí
水　绕　陂　田　竹　绕　篱①，

yú　qián　luò　jìn　jǐn　huā　xī
榆　钱②落　尽　槿　花　稀③。

xī　yáng　niú　bèi　wú　rén　wò
夕　阳　牛　背　无　人　卧，

dài　dé　hán　yā　liǎng　liǎng　guī
带　得　寒　鸦　两　两④归。

① 篱:篱笆墙。

② 榆钱:榆荚,形状圆而小,像小铜钱。

③ 稀:稀疏。

④ 两两:成双成对。

素 描

　　清澈的河水流淌着,发出潺潺的声响。这小河绕着田地,用臂膀保护着它们生长。近处,丛丛翠竹围绕着几户人家的篱笆墙。

　　屋外庭院内的榆树,榆荚已经落尽,红红的木槿花也开始纷纷地凋谢了。有些枝头上,仍然可以看见几朵残存的花朵,稀疏地吐露着芬芳。

　　暮色笼罩着整个村庄,斜阳下,牛儿自个儿回到了村子里,牛背上看不见牧童的踪影。双双归来的寒鸦静悄悄地驻足在牛背上,毫不惊慌,一副悠然自得的样子。

　　傍晚的农家,到处是诗情画意。

鉴赏

　　诗歌描绘了一幅傍晚时分的农村风景画,画面静谧、淡雅、恬适而又略显清朗寂寥。诗人把乡村生活的淡雅和清丽,真实地描绘了出来,然而,我们在诗句中依旧可以看见诗人淡淡的寂寥。

六月二十七日望湖楼①醉书（其一）

苏 轼

hēi yún fān mò② wèi zhē shān
黑 云 翻 墨 未 遮 山，

bái yǔ tiào zhū luàn rù chuán
白 雨 跳 珠 乱 入 船。

juǎn dì fēng lái③ hū chuī sàn
卷 地 风 来 忽 吹 散，

wàng hú lóu xià shuǐ rú tiān
望 湖 楼 下 水 如 天。

①望湖楼：一名看经楼，五代时吴越王钱俶所建，在当时的昭庆寺前。

②翻墨：比喻黑云像打翻了的墨汁一样，形容云层很黑。

③卷地风来：大风猛烈地刮到地面上来。

素 描

黑色的云层，如同打翻了的墨汁一般。这压着地面而来的乌云，还没来得及遮住前方的山头，暴雨已经倾盆而下。

豆大的雨点直落下来，像是有了生命一般，欢快地跳着，纷乱地进入船舱，就像散落一地的珠子，俏皮活泼。

忽然，一阵大风从地面席卷起来，吹散了漫天的乌云，吹走了白亮亮的雨滴。刚才的风雨，顿时消逝而去。

转瞬而来的，是晴朗的天空。天空逐渐明亮起来，让人觉得豁然开朗。

望望湖上明净的天空,再看看天空下明净的湖水。风雨过后,现在的望湖楼外一片平静,湖水与天空合二为一,明净透澈,一碧如洗。

　　这是一篇出色的写景诗,简短的二十八个字,竟然栩栩如生地写出了雨前、雨中、雨后三个过程。诗人描写了夏天在杭州西湖所遇到的暴雨,在转瞬之间,乌云密布,骤雨直降。但转眼间,风起云散,望湖楼外,水天一色。诗人将暴风雨前后的景色变化写得十分生动,富有特色。

　　另外,诗句中动感的意味也相当强烈,这更使得读者如临其境。

归宜兴留题竹西寺

苏 轼

此生已觉都无事，
今岁①仍逢大有年。
山寺归来闻好语②，
野花啼鸟亦欣然③！

① 岁:年。

② 好语:此处指赞美的话语。

③ 欣然:愉快。

素 描

脱离官场,归耕赋闲,我原本觉得自己这一生已经不会再发生什么重大事件了,可是没想到,今年桩桩好事接踵而来,这怎能不让人兴奋呢?

行走在外,听见民间百姓用质朴的语言夸奖新君,不禁欢喜。行走累了,就在路边的寺庙稍作歇息。

想想今年农业丰收,民生安乐,不禁心情愉快,欢喜异常。

在这个丰收喜庆的大年,路边的野花绽放得比往日鲜艳,鸟儿的鸣叫也愈加欢畅,它们也跟人一样欢欣鼓舞。

我情不自禁在寺庙的白墙上题写了这首小诗。

鉴赏

　　作者在写这首诗的时候,已经脱离官场,开始过着远离政治的田园生活。然而,在这些诗句中,读者依旧可以体味出诗人不得志的惆怅与无奈。

饮湖上初晴后雨

苏　轼

水光潋滟①晴方②好，
山色空蒙③雨亦④奇。
欲把西湖比西子⑤，
淡妆浓抹总相宜。

① 潋滟:波光闪动的样子。

② 方:正。

③ 空蒙:迷茫缥缈的样子。

④ 亦:也。

⑤ 西子:即西施,春秋时期越国的美女。

素 描

晴天的时候看西湖,只见碧波荡漾,湖水流动,美不胜收。

雨天的时候看西湖,却见群山隐约,朦胧绰约,一片迷茫空灵,更觉得美妙动人,风光无限。

在岁月的长河中,不论天气如何变化,季节怎样更替,也不管是在春天的和风里、夏日的骄阳下、秋天的冷月中,还是包裹在寒冬的冰霜雪霰里,西湖的景色都是变化多姿,让人流连徜徉。

那么,西湖像什么呢? 我把西湖比作什么呢?

哦,对了！西湖如同春秋时越国的美女西施一样,天生丽质,无论是浓妆还是素面,始终都是那样美丽,令人眷恋,令人神迷。

西湖,简直就是上苍的杰作、造化的恩赐！

这首诗是诗人体味到西湖的无限风光后,带着由衷的喜悦心情写出的诗句。

诗中的名句"欲把西湖比西子,淡妆浓抹总相宜"广为流传,后人因此又把西湖称为"西子湖"。

可以说,这是一首写景诗,同时也是一首哲理诗,它向读者说明:美在自然,美在和谐,美在变化,美在发现。

题①西林②壁

苏 轼

横看成岭③侧成峰，
远近高低各不同。
不识庐山真面目，
只缘④身在此山中。

注释

① 题:书写,题写。

② 西林:西林寺,在今江西庐山脚下。

③ 岭:山脉。

④ 缘:因为。

素描

庐山,美丽的庐山。

庐山的美景瑰丽多姿、变幻莫测,从不同的角度去看,有不同的美。横看,庐山山岭连绵起伏,侧看,却见高高耸起的山峰直上青天。

在远方、在近处看庐山,它景色各异,令人神往。如果登高、入谷,更是移步换景,景随人动。

如此美妙壮丽的庐山,让人感觉到大自然的不可琢磨、无可名状的美。

这不禁让人疑惑:为什么庐山的风景总是在变化中呢? 它的真面目究竟是怎样的?

反复思索之后，终于恍然大悟，自己之所以不能彻底了解庐山的原因是，当自身陷在变幻莫测的大山里时，怎么可能把握它神秘的源头呢？认识事物就该超脱现在的处境，换一个角度客观地去审视它。

这首诗不仅描述了庐山瑰丽多姿的景色，而且深含意蕴，在写实中包含哲理色彩，给读者以美的享受和深刻的思想启迪。诗中的"不识庐山真面目，只缘身在此山中"成了流传千古的名句。

这不仅是一首风景诗，同时也是一首哲理诗。

惠崇①春江晚景

苏 轼

zhú wài táo huā sān liǎng zhī
竹 外 桃 花 三 两 枝，

chūn jiāng shuǐ nuǎn yā xiān zhī
春 江 水 暖 鸭 先 知。

lóu hāo mǎn dì lú yá duǎn
蒌 蒿② 满 地 芦 芽③ 短，

zhèng shì hé tún yù shàng shí
正 是 河 豚④ 欲 上 时。

注释

①惠崇:北宋名僧,能诗善画。这首诗是苏轼为惠崇的画作《春江晚景》所写的题画诗。

②蒌蒿:草名,其茎可食。

③芦芽:芦苇的嫩芽。

④河豚:一种肉味鲜美的鱼,有毒性。

素描

春天,又一次依约来到了大江两岸。

几枝苍翠的竹子,在几番潇潇春雨的滋润下,嫩绿嫩绿的,发着新芽。春雨之后,它们长得多快呀,你甚至可以听到它们向上拔节的声音。

几株娇艳欲滴的桃花,初初绽放它们美丽的笑颜,粉粉的,像是在向人们展示着刚到人间的春的姿态。

每当春天到来的时候,江面上游嬉玩闹的鸭子,总是首先知道江水已经不再像冬天那样冰冷刺骨了。

白蒿在轻轻地摇动,岸边的芦苇开始抽出春天的新芽,娇嫩得可爱。

　　江水开始涨潮。春潮涌动,大江里的河豚鱼,也开始摇动着有力的鱼尾,沿着涨起的江水而上。

　　春回大地,美不胜收。

　　这是一首题画诗,通过描绘春天的景象,让读者带着浓郁的激情热爱美好的大自然,热爱生活。

　　全诗静中有动,动中有静,意趣丰盈,色彩明丽清新,形成一个生机盎然、情趣四溢的意境,让人感觉美不胜收。美景、意趣、奇想交织成一幅画外景,描绘出一幅诗中画。

惠州一绝

苏 轼

luó fú shān xià sì shí chūn
罗 浮 山① 下 四 时 春，

lú jú yáng méi cì dì xīn
卢 橘② 杨 梅 次 第③ 新④。

rì dàn lì zhī sān bǎi kē
日 啖⑤ 荔 枝 三 百 颗，

bù cí cháng zuò lǐng nán rén
不 辞⑥ 长 作 岭 南 人。

注 释

① 罗浮山:岭南名山。

② 卢橘:指枇杷。

③ 次第:依次。

④ 新:这里指新长成、成熟的意思。

⑤ 啖:吃。

⑥ 不辞:不推辞,这里是非常愿意的意思。

素 描

罗浮山下四季都是春天。

枇杷、杨梅这些当地的水果一次次地结出丰硕的果实。看着它们沉甸甸地挂满枝头,感受大自然美妙而又慷慨的馈赠。

在这里,每天都能吃到大量新鲜的荔枝,红褐色的果壳里,有细腻的白色果肉,包含着香甜可口的汁液。

如果每天都能够饱食如此美味的水果,就算我以后永远居住在岭南当一个岭南人又有何不可呢?

以往的千般恩怨、万般宠辱,如今都已经成为过眼云烟……一切都已经过去,我还要回忆它们干什么?

　　在这自古就被称作南蛮的地方,既有如此的美味,又有如此的风景,真是令人喜出望外!

　　这首诗赞美了岭外独特的美丽风光,表达出作者在激愤、悲哀、无奈之后产生的随遇而安的豁达心境以及"天下为家"的人生观。

雨中登岳阳楼望君山二首（其一）

黄庭坚

投荒①万死鬓毛斑，
生出瞿塘②滟滪关③。
未到江南先一笑，
岳阳楼上对君山。

注释

① 投荒:被流放到荒远的地方。

② 瞿塘:瞿塘峡,长江三峡之一,在重庆奉节东,两岸悬崖壁立,江流湍急。

③ 滟滪关:瞿塘峡口的险滩。

素描

曾经被朝廷放逐到荒远的地方,长达六年之久。在这片荒凉的地方,唯一所幸之处,是我虽然九死一生,但是还活在这人世间,只是两鬓已经斑白。

想当年,在这样的磨难下,我依旧期盼着早日回到江南,看看家乡的风土人情。虽说是路途遥远,我还没有踏上家乡的土地,但却可以遥望江南的方向。挂在面颊上的,是我的笑容;挥洒不去的,是心头的喜悦。

而现在,我回到朝中为官。今天,我登上岳阳楼,眺望着远处,面对这浩浩荡荡的洞庭湖,还有湖中的君山,"生还江南"的喜悦,从内心深出不断地翻腾起来。经过了多年的艰苦生活,江南的风景正在前方召唤我呢!

到底是过来了!今天,我来到这里游君山,这种心境
与气派,岂是当初可比!

这首诗,把诗人强烈的情感起伏变化表现了出
来,一开始的凄苦与惨痛,自我的克制与调节,到后
来面对君山风景的欣喜与欢乐,都表现得淋漓尽致。
因此,诗歌中带着诗人出自内心的苦涩情感,却又有
眺望家乡时候的欢乐,真可谓是一曲苦涩的欢歌!

从诗句中,读者可以深刻地感受到诗人的乐观
主义精神与豁达气度,以及历经磨难不失志向、不减
磊落的大丈夫气概。

题竹石牧牛

黄庭坚

野 次^① 小 峥 嵘^②，幽 篁^③ 相 倚 绿 。
yě cì xiǎo zhēng róng yōu huáng xiāng yǐ lù

阿 童 三 尺 棰，御 此 老 觳 觫^④ 。
ā tóng sān chǐ chuí yù cǐ lǎo hú sù

石 吾 甚 爱 之，勿 遣 牛 砺 角^⑤ 。
shí wú shèn ài zhī wù qiǎn niú lì jiǎo

牛 砺 角 尚 可，牛 斗 残 我 竹 。
niú lì jiǎo shàng kě niú dòu cán wǒ zhú

注释

① 野次：野外。

② 峥嵘：高峻。此处指怪石。

③ 篁：丛竹。

④ 觳觫：牛畏惧的样子。此处指牛。

⑤ 砺角：磨角。

素描

郊外，山石峥嵘，怪石高耸。

浓密的竹丛绿幽幽地映衬着山石的奇峻。在怪石和丛竹之间，可以看见一个牧童骑着一头老牛，手里还拿着一根长长的鞭子，驱赶着老牛往前行走。

周围的山石，形状怪异，却极有个性，一块块都各不相同，我非常喜欢这些山石独特的相貌。

牧童啊，请不要让你的老牛在这些山石上磨牛角。如果磨了牛角，那也就算了，我勉强还能忍受，但是，千万不要让磨了角之后的牛儿们相互争斗，因为牛群的争斗，会伤害到周围郁郁葱葱的竹子。这些竹子如此和谐而安静地生活在这里,请不要毁坏它们的枝叶。

　　这是一首题画诗。上半部分是把画的内容描述了出来:奇山怪石和竹林之间,有一牧童执鞭牧牛。它描写出的环境宁静而协调。下半部分,是诗人借题发挥,充满了动感,把自己的议论和看法加入了诗句之中,成为诗歌的弦外之音。

　　诗人的议论,超出画面本身的含义,另有所指:他把官场上的纷争融汇其中,从而使诗歌的含义又加深了一层。

　　这首诗,是黄庭坚“以文为诗”的代表作。诗歌中的静态画面被化出了活泼的新意,同时又蕴含了自己的思想寄托。

还自广陵①

秦 观

tiān hán shuǐ niǎo zì xiāng yī
天 寒 水 鸟 自 相 依②，

shí bǎi wéi qún xì luò huī
十 百 为 群 戏 落 晖③。

guò jìn xíng rén dōu bù qǐ
过 尽 行 人 都 不 起④，

hū wén shuǐ xiǎng yī qí fēi
忽 闻 水 响 一 齐 飞。

注释

① 广陵:现在的江苏扬州。

② 相依:相互依偎。

③ 落晖:指夕阳。

④ 起:指水鸟受到惊吓而飞起来。

素描

初冬。天气,已经变得寒冷起来;寒风,微微地有点凛冽。

正是夕阳西下的时候,晚霞照耀在水面上,金光粼粼,煞是动人。

水鸟们为了御寒,相互依偎在一起,以求得温暖。它们蓬松着各自的羽毛,在微凉的湖水里沐浴嬉戏,一副安闲自在的样子。落日的余晖下,一片静谧。虽然时不时地有行人走过,它们却自顾尽情地追逐嬉戏,丝毫不受干扰。

忽然,水面发出一阵声响,受惊的水鸟振动翅膀,一起腾空而起。

　　一瞬间，湖面上一只不剩，只有一圈圈的涟漪悄悄地荡漾开去，一圈比一圈大，一圈比一圈浅，最终消失不见。

　　　这首诗充满了画的意境和诗的格调。诗句采用了白描的手法，语言质朴简单，读起来明了而透彻。

　　　诗人在诗作中描写的意境动静结合，有声有色。读者在欣赏这首诗的时候，能够从词句中深刻地领悟到自然界的美好，并感受到蕴含在其中的无限生机。

春日

秦观

一夕^①轻雷落万丝^②，
霁^③光浮瓦碧参差^④。
有情芍药含春泪，
无力蔷薇卧晓枝。

① 一夕：指一晚上。

② 万丝：指雨水。

③ 霁：雨后转晴。

④ 参差：高低错落的样子。

素 描

春雷一声动天响。

下了一个晚上的雨，雷声轻轻地震动，天上的雨丝，像细线一样连绵不绝。

第二天，天气终于晴好了，刚透出脸来的太阳，照耀在被雨水洗刷了一整晚的绿色琉璃瓦上，碧绿色的瓦片层层叠叠，折射出参差不齐的闪亮光辉。

院子里的芍药花，经过昨夜雨水的洗浴，花瓣上挂着雨滴，如同娇怯而又多情的女子，显得楚楚动人。

同样经过一夜雨水的蔷薇，则慵懒无力地躺在清晨的枝头，娇弱可人，惹人怜惜。

这首诗写了春雨过后的庭院风光。整个世界在雨水的清洗之后,显得美不胜收。

　　在春雨过后的庭院,诗人最刻意描绘的是芍药和蔷薇的模样,他巧妙地用它们饱含雨水的娇俏模样,衬托出雨后庭院的宁静和绚丽。

初见嵩山

张　耒

nián lái ān mǎ kùn chén āi
年来鞍马困尘埃，

lài yǒu qīng shān huò wǒ huái
赖①有青山豁②我怀。

rì mù běi fēng chuī yǔ qù
日暮③北风吹雨去，

shù fēng qīng shòu chū yún lái
数峰清瘦出云来。

① 赖：依赖，依靠。

② 豁：使开通，使通达。

③ 日暮：指傍晚日落时分。

素 描

　　这些年来，我一直过着劳苦困顿的生活，可以说，"去日苦多"。在尘世的风霜雨雪中，我为了生活而东奔西走。

　　我深深地感悟到官场的风险、仕途的艰难、世情的冷暖，如此艰难困苦的生活，怎不让人心生厌倦？

　　唯一可以让我觉得舒怀和快乐的，就是能看见伟岸秀丽的青山了。它们带来的清新空气，总能让我得到慰藉，总能开阔我郁闷已久的胸怀。

　　太阳向着西方慢慢而下，正是秋冬季节，北风带着雨丝轻轻吹来，整个世界都沐浴在密密的细雨里……

　　阵雨过后，清俊瘦削的嵩山从云雾中缓缓露出，那一座座青绿的山峰，是多么惹人怜爱！

此情此景，怎不让人舒怀？

这是一首借景抒怀的诗，把诗人本身的心理状态和情感体验都真实地展现了出来。

这首诗看似是写景，其实是诗人胸怀和思想的抒发，可以说，这是一首相当不错的抒怀诗。

春游湖①

徐　俯

双飞②燕子几时回？

夹岸③桃花蘸水④开。

春雨断桥人不度⑤，

小舟撑出柳阴来。

① 湖:指杭州西湖。

② 双飞:成双成对地飞舞。

③ 夹岸:两岸。

④ 蘸水:贴着水面。

⑤ 度:渡过,越过。

素描

春天的西湖。

看着燕子成双成对地在湖面轻捷地一掠而过,忽然发现,春天已经悄悄地来临了。

看着这满湖的春光,娇人的春色,徜徉湖边,心醉神迷。

放眼望去,两岸的桃花竞相绽放着,粉色的、红色的、白色的,灼灼而开。花枝茂密,低低地压着,几乎已经贴到了水面。桃花倒映在清澈的湖水中,整个湖面都像是辉映着春的色彩。

春天的潮水高涨着,水势浩荡,淹没了行走的石桥,过路的人们只能搭乘船只摆渡。

　　你瞧! 那里,一叶小舟从柳荫间悄然穿出,划破了水面的宁静,划出了一船欢声笑语。坐在船上的人们望着满湖的春景,真切地感到:春天,真的来了。

　　这是一首描写春天景色的诗。诗人用诗句把杭州西湖的景色描绘得生机勃勃,一派明媚春光跃然纸上。

　　诗歌一开始,诗人先用一个问句"双飞燕子几时回"来表现出自己对春天的期盼,以及看见春天来临时的惊喜心情。紧接着,"夹岸桃花蘸水开",水面倒映着鲜艳的桃花,上与下、光与影、动与静,显得错落有致。

　　后两句"春雨断桥人不度,小舟撑出柳阴来",春天的景色全面展现:燕子、桃花、湖面、春雨、断桥、小舟、柳荫,所有这些意象,在诗人的笔下,构成了一幅生动灿烂的春天景象。

夏日绝句

李清照

shēng dāng zuò rén jié① sǐ yì② wéi guǐ xióng③
生 当 作 人 杰①，死 亦② 为 鬼 雄③。

zhì jīn sī xiàng yǔ bù kěn guò jiāng dōng④
至 今 思 项 羽，不 肯 过 江 东④。

注释

① 人杰：人中的豪杰。

② 亦：也。

③ 鬼雄：鬼中的英雄。

④ 江东：又称江左，即江南。长江流至安徽芜湖和江苏南京之间为西南、东北流向，古人习惯上称自此以下的长江南岸地区为江东。此处指项羽当初随叔父项梁起兵的地方。

素描

我们来到这个世界上，只有一次。

人在这世上活着的时候，就应该是一个顶天立地的汉子，做人中的豪杰，敢作敢为，义无返顾。

就是死了，离开这人世间了，也要成为鬼中的英雄，照样要做出一番轰轰烈烈的事业来。

到今天，人们还在怀念西楚霸王——项羽。他在楚汉相争中失利，觉得无颜面对江东父老，最后在乌江自杀，态度决绝,气概豪壮。

自古不以成败论英雄。在后人眼里,项羽照样是气壮山河的大英雄。

这首诗内容是咏古,也叫怀古。诗人有感而发,借古讽今,抒发了自己内心的悲愤,也写出了自己对生死意义的看法。

李清照是婉约派著名女词人,然而,这首诗却反映出了她思想、性格以及诗词艺术的另一个侧面:虽然只有短短二十个字,但气象恢宏,笔势矫健。

三衢①道中

曾 几

méi zǐ huáng shí rì rì qíng
梅 子 黄 时 日 日 晴，
xiǎo xī fàn jìn② què③ shān xíng
小 溪 泛 尽② 却③ 山 行。
lù yīn bù jiǎn lái shí lù
绿 阴 不 减 来 时 路，
tiān dé huáng lí sì wǔ shēng
添 得 黄 鹂 四 五 声。

注释

① 三衢:地名,在今浙江衢州一带。

② 小溪泛尽:乘小船到小溪的尽头。

③ 却:再,又。

素描

五月天,正是梅子的成熟时节。

五月的天气,每天都是艳阳高照,明媚晴朗,一切都让人心情愉快。

我们搭乘着一只小船,在河面飘来荡去,不知不觉之中,到达了小溪的尽头。下了船,沿着山路继续前行,山林的气息扑面而来,清新而凉爽的空气,让人精神为之一振。

看看周围,一整片一整片的浓绿色。树荫下凉快的气流,带着泥土的芳香,带着植物的气息,也带着潮湿的味道。这一切,跟来时的路上差不多一样的美好。

侧耳倾听,你就会发现:现在的山林,同来的时候还是有不同的:几只黄鹂在林子里清脆地歌唱,一声声欢乐的鸣叫,似乎在提醒路人,初夏已经到了。

这是一首流连光景的闲适诗,诗风轻松愉快,带有生活情趣。

这首诗采用了对比映衬的手法,把山中初夏的景色写得美不胜收,让读者眷恋不已。

整首诗,像是一篇游记,记录了这次游览的全过程。"梅子黄时日日晴,小溪泛尽却山行",寥寥几笔,交代了时间、地点和方式;"绿阴不减来时路,添得黄鹂四五声",则是层层递进,有声有色。最后一句"添得黄鹂四五声"中的一个"添"字,活灵活现地把山中黄鹂的鸣叫声镶嵌在诗句中,运用得恰到好处,起到了画龙点睛的作用,为诗人所要表现的山林景色增添了活力。

池州翠微亭

岳 飞

经年①尘土满征衣，

特特②寻芳上翠微。

好水好山看不足③，

马蹄催趁月明归。

① 经年:指常年。

② 特特:特地、专门。

③ 足:够。

素描

为了国家的安定,多年以来,我长期征战奔波,戎装已经沾满了尘土。

然而,今天我忙里偷闲,特地登临翠微亭,想看看秀丽的风景。

如此多娇的青山秀水啊,如此壮丽的河山啊,我怎么看都看不够。

边关尚未安定,为了保卫大好河山,我不得不跃马扬鞭,奔赴战场。

趁着这明亮的月色,扬鞭催马,最后望一眼山河的秀丽,以之为动力。

"精忠报国",是我的爱国之心;"还我河山",是我的使命。我必将一往无前！

　　这首诗是岳飞的登临抒怀之作。不同于当时一般士大夫文人的吟风弄月,这首诗诗句简单明了,不加任何词句上的雕琢,将他的肺腑之言直接表现了出来,一个长年征战的儒将形象跃然纸上。

冬夜读书示①子聿②

陆 游

古人学问③无遗④力，

少壮工夫老始成。

纸⑤上得来终觉浅，

绝知⑥此事要躬行⑦。

注释

① 示：训示、指示。

② 子聿：陆游的小儿子。

③ 学问：指读书学习。

④ 遗：剩余的，多余的。

⑤ 纸：书本。

⑥ 绝知：深入、透彻的理解。

⑦ 躬行：亲身实践。

素描

以前的学者做学问，都是不遗余力，把全部心思放进研究学问中去，排除任何会干扰到他们思路的事情。

学习一样要努力和刻苦，从年轻时候开始用心钻研，持之以恒地努力，才会在年老时有所成就。

总之，要有决心、信心和恒心。如果没有决心，就会一事无成；如果没有信心，也会一事无成；如果没有恒心，同样会一事无成。做学问是这样，做其他任何事情，也都是这样。

除此之外，学任何东西，都要重视实践。

纸面上的功夫，怎么钻研都会觉得不够深刻。如果想要真正洞察事理，就必须要亲身实践。只有这样，才能获得真知灼见。

这是诗人陆游写给他最小的儿子子聿的诗。诗人通过简单直白的诗句，把学习道理与学习方法深入浅出地教导给下一代，可见诗人对后人所寄希望之深。

诗人在诗中循循善诱，告诫儿子学习知识需要持之以恒，钻研学问需要靠实践来获得，不下苦功是不会有大成就的。

游山西村

陆 游

mò xiào nóng jiā là jiǔ hún
莫 笑 农 家 腊 酒① 浑，

fēng nián liú kè zú jī tún
丰 年 留 客 足 鸡 豚②。

shān chóng shuǐ fù yí wú lù
山 重 水 复 疑 无 路，

liǔ àn huā míng yòu yī cūn
柳 暗 花 明 又 一 村。

xiāo gǔ zhuī suí chūn shè jìn
箫 鼓 追 随 春 社③ 近，

yī guān jiǎn pǔ gǔ fēng cún
衣 冠 简 朴 古 风 存。

cóng jīn ruò xǔ xián chéng yuè
从 今 若 许 闲 乘 月④，

zhǔ zhàng wú shí yè kòu mén
拄 杖 无 时⑤ 夜 叩 门。

注释

① 腊酒:腊月所酿的酒。

② 足鸡豚:备足鸡肉、猪肉。豚,小猪,这里指猪肉。

③ 春社:古时把立春后第五个戊日作为春社日,祭社神(土地神)等以祈丰年。

④ 闲乘月:趁着月明来闲游。

⑤ 无时:没有固定的时间,即随时。

素描

又有机会回到我的家乡——三山村。

在这里,我与老乡一起过着日出而作、日落而息的生活,跟这些老乡共同吃住。

已经是春天了。且不要去笑话乡人们去年腊月里酿造的酒浑浊而不清醇,要知道,在这个丰收的时节里,这些质朴真诚的农人总是给客人们准备着丰盛的菜肴,热情诚恳地款待他们。

树木掩盖着山岭，一层层地交错着。溪水顺着山林，叮咚作响。走着走着，似乎前方没有了去路。可是，在浓绿的树荫和明艳的鲜花之下，又一个村落依稀出现在眼前！

转眼又将近春社日，村里忙着迎神赛会，乡人在迎神的箫鼓声中忙忙碌碌，热热闹闹。在这里，乡人们穿着简朴，保留着昔日朴素的民风。

如果以后还允许我趁着月明之夜来这里闲游，我一定会挂着拐杖随时来敲门的。

 鉴赏

山西村，是指现在的浙江省绍兴市镜湖附近的三山村。社日，是指立春后第五个戊日，古人祭祀社公（土地神）以祈丰年。

这首诗，写了山中的景物与社日的风光，以及农人们简朴的生活方式，充满了浓重的生活气息，流露出诗人热爱农村的炽热情感。诗人采用了对比的手法：一句近景，一句远景；一句实景，一句虚景；一句静，一句动。后人引申了"山重水复疑无路，柳暗花明又一村"，寓意为"绝处逢生"和"天无绝人之路"。

书　愤

陆　游

早岁①那②知世事艰③，
中原北望④气如山。
楼船⑤夜雪瓜洲⑥渡，
铁马⑦秋风大散关⑧。
塞上长城⑨空自许，
镜中衰鬓已先斑。
出师一表真名世⑩，
千载谁堪伯仲间⑪！

注释

①早岁:早年。

②那:同"哪"。

③世事艰:指恢复之事受权臣干扰,很是艰难。

④中原北望:指北望淮河以北沦陷在金人手中的地区。

⑤楼船:有楼的高大战船。

⑥瓜洲:长江渡口,在今江苏扬州,与镇江隔江相对,为江防要地。

⑦铁马:配有铁甲的战马。

⑧大散关:即散关,在今陕西宝鸡西南大散岭上,是军事重地。

⑨塞上长城:比喻守边御敌的将领。

⑩名世:名显于世。

⑪伯仲间:指不相上下。伯仲,原是兄弟长幼的次序,引申为衡量人物差等之意。

当年，我尚不知道朝廷恢复中原的事情会受到投降派那么多的阻挠和破坏。想想那时候的我，北望中原，对收复失地总是充满了壮志豪情。

回想宋高宗、宋孝宗时，宋兵在东南和西北两地抵抗金兵进犯。瓜洲、采石一带在 1161 年 11 月受到金主完颜亮南袭。1172 年，我在南郑参加王炎军幕事，一起策划进兵长安，曾强渡渭水，与金兵在大散关发生遭遇战。

现在想来，少年时，总是以捍卫国家、扬威边城的名将自诩，而到头来，志愿终究落了空。看看镜中的自己，已经两鬓斑白，老态渐出。

诸葛亮坚持北伐，坚持"兴复汉室，还于旧都"，用一份《出师表》表明自己恢复中原的志愿。可以说，也道出了我的生平心事。像他这样的英雄豪杰，古往今来，实在是没有人可以与他相比啊！

鉴赏

　　这首诗充分运用了对比的手法。前面四句,先是追述了自己年轻时候的满怀壮志。接着笔锋一转,多少豪情壮志,如今都成为了前尘往事,留下的,只有壮志未酬的千古遗恨!

　　另外,诗人还对世事的艰难、小人误国发出感慨,他深深感叹恢复中原的时机已经一去不复返。诗的最后,作者借诸葛亮的《出师表》进一步衬托出自己的心情。

临安春雨初霁

陆 游

shì wèi① nián lái② bó sì shā
世 味 年 来 薄 似 纱 ，

shuí lìng qí mǎ kè jīng huá③
谁 令 骑 马 客 京 华 。

xiǎo lóu yī yè tīng chūn yǔ
小 楼 一 夜 听 春 雨 ，

shēn xiàng míng zhāo mài xìng huā
深 巷 明 朝 卖 杏 花 。

ǎi zhǐ④ xié háng xián zuò cǎo⑤
矮 纸 斜 行 闲 作 草 ，

qíng chuāng xì rǔ⑥ xì fēn chá⑦
晴 窗 细 乳 戏 分 茶 。

sù yī mò qǐ fēng chén tàn⑧
素 衣 莫 起 风 尘 叹 ，

yóu jí qīng míng kě dào jiā⑨
犹 及 清 明 可 到 家 。

注 释

① 世味:人世情味。

② 年来:近年以来。

③ 京华:京城的美称,这里指临安,位于今浙江杭州。

④ 矮纸:短纸。

⑤ 作草:写草书。

⑥ 细乳:茶中的精品。一说指烹茶时浮起的乳白色泡沫。

⑦ 分茶:宋元时烹茶之法。即注汤后用箸搅茶乳,使汤水波纹幻变出种种形状。

⑧ 素衣莫起风尘叹:不要有白衣被京城的风尘染黑之叹。陆机诗《为顾彦先赠妇》有"京洛多风尘,素衣化为缁"之语,这里即用其意。

⑨ 犹及清明可到家:意思是,事毕后返回,还来得及在清明节到家。

大半生的坎坷生活,让人不禁感叹这年头的人情薄似轻纱一般。想想自己,为什么要来到这个繁华的京都,终究的目的又是什么呢?

在客栈的小楼里独自寂寞,听着淅沥的春雨整晚无眠。幽幽地,深巷中传来清晨叫卖杏花的声音,一个夜晚竟然就这样过去了。

这就是:杏花、春雨、江南。

时光真是漫长! 这些无聊而寂寞的时刻,如何打发呢? 不妨拿出一张小纸随意地书写几句,借以打发空虚的时日。在明亮的窗户下,随意地品味和鉴别清茶的等级,借以排遣内心无尽的寂寥。

想想现在的旅途风尘,白衣服都变黑了。再想想官场的污秽,不就像洁白的衣衫上难免会沾染到尘埃一样吗? 这次事情做完,看时间应该还赶得及清明。真想回家乡山阴小住数日,过几天清静自在的日子。

这是一首感叹半生坎坷、人情淡薄，深味仕途险恶的诗。全诗看似写客中春感，实则把诗人内心壮志未酬的苦闷与厌倦宦海的寂寥，真实地再现了出来。

　　"小楼一夜听春雨，深巷明朝卖杏花"，是流传千古的名句。

十一月四日风雨大作

陆　游

jiāng wò gū cūn bù zì āi
僵 卧① 孤 村 不 自 哀，

shàng sī wèi guó shù lún tái
尚 思 为 国 戍 轮 台②。

yè lán wò tīng fēng chuī yǔ
夜 阑③ 卧 听 风 吹 雨，

tiě mǎ bīng hé rù mèng lái
铁 马④ 冰 河⑤ 入 梦 来。

注 释

①僵卧:躺卧不起,形容老病。

②戍轮台:指守卫边关。戍,守卫。轮台,古地名,在今新疆轮台南。这里代指边关。

③夜阑:夜将尽。

④铁马:披着铁甲的战马。

⑤冰河:冰冻的河流。

素描

我已经年近古稀,身体衰弱还长期生着病。现如今,我终于回到魂牵梦绕的故乡山阴,躯体僵硬地躺在床上,如此孤寂地居住在这个孤零零的小村落里,却不为自己的境遇状况感到悲伤和不满。一辈子的坎坷,东奔西走,南来北往,屡遭贬斥,都是因为爱国,得罪了那些投降派。现在,我心里惦记着的,依然是大宋朝江山的安危;想着的,是边防的征战:边疆依然是那么不平静,真想亲自驻守在轮台这样的边防重镇,为国效力,只可惜,现在已经力不从心了。

冬夜,夜阑人静。

突然,屋子外面狂风暴雨大作。这呼啸的声音,如同千军万马一般,骚扰着我本来就不平静的梦。在北方的边境,战士们正在为国家作战。而我呢?虽然已经是风烛残年,却依旧满怀慷慨之情,挂念着边防的战况,希望能够收复失地。真想重新披上盔甲,走上战场,为国杀敌,报效祖国。

　　这首诗从生活场景开头,迸发出诗人激昂高亢的性格与心情。老迈与雄心,孤村与轮台,夜阑与风雨声,无一不成为这首诗激扬人心境、震动人心弦的字眼。

　　这首诗,表达了诗人陆游郁结在心中的慷慨之情和报国之志——即使已经老迈年高,身处危难的境地,也仍然老骥伏枥,怀着千里之志。他的这种抱负,与当时满朝怯弱无能的文武官员,形成了强烈的对比。

沈园(其一)

陆　游

城 上 斜 阳 画 角①哀，

沈 园 非 复②旧 池 台。

伤 心 桥 下 春 波 绿③，

曾 是 惊 鸿④照 影 来。

①画角:刻有花纹图案的号角。

②非复:不再是。

③春波绿:碧波。

④惊鸿:受惊的鸿雁,起飞翩然,比喻美人体态轻盈。

素描

夕阳西下,最后一缕阳光越过城墙。远处的画角,不时传来声声哀伤的声音。

眼前这沈园的亭台楼阁、榭宇回廊,已经不再拥有当年的风光。虽然已经是春天,连那棵老柳树,也不再柳絮飘扬了。往事如梦,旧情难寻。

都说是物是人非,而我现在看到的却分明是物非人也非。

伤心桥下,碧波粼粼,荡漾起一片春光。凝望着这一池碧水,多少往事历历在目……

回想起当年,她翩翩而至,娉婷的身影就映衬在荡漾的湖水里,就像美丽的大雁照见轻盈的姿态。

这一池碧水,曾凝聚多少缠绵的柔情!

现在,几十年过去了,我又重回旧地,但年岁已高。一切都已经成为过去,留下的只有无奈和伤感。

　　这首诗是陆游重游故地时感伤往事所作。通过当时的景物,抒发内心的思念和伤感。

　　陆游诗词多比较豪放,这首诗却显露出他柔和细腻的情感,把夕阳下的沈园与园中的小桥流水描述得充满了阴郁的柔情,同时又写出了他对往事的无尽回忆。

示儿①

陆 游

sǐ qù yuán zhī wàn shì kōng
死 去 元② 知 万 事 空 ，

dàn bēi bù jiàn jiǔ zhōu tóng
但 悲 不 见 九 州 同③ 。

wáng shī běi dìng zhōng yuán rì
王 师④ 北 定 中 原⑤ 日 ，

jiā jì wú wàng gào nǎi wēng
家 祭 无 忘 告 乃 翁⑥ 。

① 示儿:给儿子看。这首诗是陆游临终前写给儿子的。

② 元:同"原",本来。

③ 九州同:全国统一。九州,这里代指全国。

④ 王师:指南宋朝廷的军队。

⑤ 中原:指淮河以北沦陷在金人手中的地区。

⑥ 乃翁:你们的父亲。

素描

　　人到临近死亡的时候,方才知道:原来尘世间的万事万物,到头来都是空的。多少英雄豪杰,多少成败得失,多少是非曲直,转眼之间,全都化为前尘往事。

　　所有这一切,对于我来说,都已经无所谓了。现在想想啊,我心里唯一放不下的,就是看不到全国统一这一天。这真令人悲哀郁闷啊!

　　位卑未敢忘忧国。我生平的志向,就是想看到大宋王朝收复昔日失去的疆土。想当年,朝廷屈辱求和,使得自己的都城偏安江左。

长久以来,我一直希望能够为国家的统一出力,希望看见中原收复。然而现在,江山没有恢复,我的身体却越来越衰老,并且疾病缠身,这真让我悲愤不已!

等到大宋王朝的军队重新收复中原的时候,儿子啊,你们在家祭的时候,千万不要忘记告诉你们的父亲!

1210 年,85 岁的诗人陆游在故乡山阴(今浙江绍兴)与世长辞。临终前,他写下了这首绝笔诗。诗中概括地表达出诗人所处的时代,以及他自己生平的志向。我们可以从这首短诗中看到诗人对统治者屈辱求和的悲愤,对统一中国的坚定不移的信念。拳拳之心,殷殷之情,一目了然。

这首诗可以称得上是诗人一生爱国思想的结晶,语言平实,感情强烈。

四时田园杂兴①(其二十五)

范成大

méi zǐ jīn huáng xìng zǐ féi
梅 子 金 黄 杏 子 肥②，

mài huā xuě bái cài huā xī
麦 花 雪 白 菜 花 稀。

rì cháng lí luò wú rén guò
日 长 篱 落 无 人 过，

wéi yǒu qīng tíng jiá dié fēi
惟③ 有 蜻 蜓 蛱 蝶④ 飞。

① 杂兴:随兴而写的诗。"兴",这里读 xìng。

② 肥:形容杏子很大。

③ 惟:只。

④ 蛱蝶:蝴蝶的一种。

素 描

依然是江南的夏日。

这个季节里,一切都是生机勃勃。

那片梅林,梅子已经呈现出整片整片的金黄色。杏子也已经成熟,同样是一片金黄,个个丰硕饱满。雪白的荞麦花正在开放,样子真是惹人喜爱。田地里的菜花,也在这四五月间落花生子,现在看起来已经有点稀稀落落。

正是夏天,日照的时间越来越长,白天变得很长。村里的篱笆在太阳的映照下,投下长长短短的影子。微微有些热气,从泥地里蒸腾出来。天气显得有些燥热。这个时候,没有行人经过。一切都是那样安静,映现着乡村里特有的自在与安宁。

　　只有忽然而来的蜻蜓和蝴蝶，翩翩飞过，留下几点灵动，带来了生气和动感。它们从这片宁静中掠过，却反而让这里显得更加安静。

　　如此安乐的农家生活景象，如同一幅最生动的风景画，令人赏叹。

　　　这首诗是诗人退居家乡后写的一组诗中的一首，也是描写农村夏日生活中的一个景象。诗中描写了夏天农村的景象，水果开始成熟，菜花凋零结菜籽，日照变长，一派清静与安宁。

　　　这首诗的妙处在于，诗人描写的是农村夏日的生活场景，虽然诗句中没有出现农人，却依旧可以从诗句中依稀感受到农人的劳作与生存状态。全诗色彩明快，动静结合，让读者读来觉得生动如亲眼所见。本诗语句质朴清新，让人颇感细腻。

四时田园杂兴（其三十一）

范成大

昼出耘田①夜绩麻②，

村庄儿女各当家③。

童孙未解④供⑤耕织，

也傍⑥桑阴⑦学种瓜。

注释

① 耘田:在田间除草。

② 绩麻:把麻纤维劈(pǐ)开接续起来搓成线。

③ 当家:指撑持门户,管理家事。

④ 解:理解,懂得。

⑤ 供:从事。

⑥ 傍:靠近。

⑦ 阴:树荫。

素描

初夏,江南水乡。

田里秧苗需要除草了,全村的男女老幼都开始忙碌起来了。

村子里,凡是能够下田干活的人们,天刚蒙蒙亮,就乘着这难得的凉爽,开始下田去除草。这样,一干就是一个上午。只有到中午太阳最火辣辣的时候,才稍微休息一下。然后,下午又要接着干。这样,一直干到天黑。而女子们，在白天之后，晚上还要在灯火下搓麻线。他们都是些勤快的农庄儿女。男女分工，辛勤工作，没有任何的怠慢，过着自给自足的生活。

村子里的那些孩子们，他们尚年幼，不会耕也不会织，却也不闲着。从小耳濡目染，孩子们跟父辈一样，都喜爱劳动，不是那种贪玩而求享乐的孩子。他们在茂盛成荫的桑树底下，跟着父辈兄长们学习种瓜。他们虽然年龄小，却也都是爱劳动的农家好孩子。

 鉴赏

这首诗是诗人退居家乡后写的一组诗中的一首，描写了江南水乡夏日生活中的一个场景。虽然是农村中常见的景象，但却颇有特色："昼出耘田夜绩麻，村庄儿女各当家"，可以说是道出人人心中所有、人人笔下所无，而"童孙未解供耕织，也傍桑阴学种瓜"，则是表现了农村儿童的天真情趣。诗人用欣赏和赞叹的笔墨，表现出农村男女热爱劳动、辛勤耕作的品行，描绘了农村自给自足的安乐生活。

总之，诗人用清新、质朴的笔调，对农村初夏时的紧张劳动气氛作了较为细腻的描写，读来意趣横生。

宿新市徐公店

杨万里

篱 落 疏 疏^① 一 径^② 深 ，
lí luò shū shū yī jìng shēn

树 头 新 绿 未 成 阴^③ 。
shù tóu xīn lǜ wèi chéng yīn

儿 童 急 走^④ 追 黄 蝶 ，
ér tóng jí zǒu zhuī huáng dié

飞 入 菜 花 无 处 寻 。
fēi rù cài huā wú chù xún

① 疏疏:稀疏。

② 径:小路。

③ 阴:树荫。

④ 急走:此处指奔跑。

素描

一个暖洋洋的春日。

篱笆墙上的植物,好像是瓜蔓,不知不觉之中,已经爬到篱笆的中间了。一条又一条,好像是在比赛,看谁爬得高。远远望去,虽然长得还有点稀稀疏疏,但绿莹莹的,十分惹人喜爱。

篱笆的旁边有一条路,一条又细又长的小路,弯弯曲曲,伸向远方,却始终看不清楚究竟通向哪里。

树上原本绚丽烂漫的花朵已经凋零,不少已经衰落下来,但树叶还没有长得茂盛浓密,只有一小片凉爽的树荫。

孩子们在嬉戏玩耍着，天真的欢笑声在四处回荡。他们一边嬉笑，一边奔跑，追逐那几只飞舞的黄蝴蝶。

这些黄蝴蝶调皮而胆怯，它们忽然飞入金黄色的菜花丛中。呀，蝴蝶与菜花的颜色那么相似，孩子们再也找不到它们飞舞的身影了。

 鉴赏

这是一首赞美春天的诗。这首诗如同一幅美丽的图画：在一片油菜花丛的边上，几个天真无邪的儿童正拿着扇子在捕蝴蝶。

诗人善于描写农家生活中的快乐，他用自然流畅、风趣活泼的语言，看似简单的寥寥几笔，就使得整首诗的画面新鲜活泼、妙趣横生，自然景物真实贴切。其中，孩童的动态与神态描写得特别动人，他们的憨态与天真、童趣与烂漫，都在诗句中一览无余。

全诗充满美感，虽只是描写农村的简单生活和孩童嬉戏玩乐的普通场景，却将色彩的明丽搭配、动静的整体组合处理得协调得当，让人读来回味无穷。

小　池

杨万里

quán yǎn wú shēng xī xì liú
泉　眼　无　声　惜　细　流①，

shù yīn zhào shuǐ ài qíng róu
树　阴　照　水②　爱　晴　柔③。

xiǎo hé cái lù jiān jiān jiǎo
小　荷　才　露　尖　尖　角，

zǎo yǒu qīng tíng lì shàng tóu
早　有　蜻　蜓　立　上　头。

① 细流:细细的水流。

② 照水:映在水里。

③ 晴柔:晴天里柔和的风光。

素描

　　平常的日子里,泉水默默无语地从小小的泉眼里涌出来,细细的水流安静地淌着。到处是一片秀丽的晴天的风光。阳光透过摇曳的绿树的枝叶,照耀在轻轻流淌的细水间,树荫在地面留下了若隐若现的影子。

　　小池塘里刚刚长出了细小的荷叶,稚嫩的新荷冒出池面,兴奋地随风摆动,显得十分娇俏可爱。那些小小的蜻蜓早已经迫不及待地立在上面,轻巧地摆弄着身躯,为池塘增添了无限风情。

　　这是一首风趣轻快的写景小诗。诗人以艺术家独具的眼光,捕捉大自然稍纵即逝的美好瞬间。这首诗妙趣横生,展现出一片蓬勃的生机。

　　这首诗,犹如把自然界瞬间的动态之美快速摄下,使其定格,成为永恒的美丽。泉眼、树荫、小荷、蜻蜓,本来都是寻常景物,诗人把它们巧妙地组织在一起,使得诗句意象清新,寓意丰富。诗人把内心刹那的感受快速勾勒成一幅有声有色、有景有情的图画呈现给读者。

晓出^①净慈寺送林子方

杨万里

毕竟^②西湖六月中，
bì jìng xī hú liù yuè zhōng

风光不与四时^③同。
fēng guāng bù yǔ sì shí tóng

接天^④莲叶无穷^⑤碧，
jiē tiān lián yè wú qióng bì

映日荷花别样^⑥红。
yìng rì hé huā bié yàng hóng

注释

① 晓出:太阳刚刚升起。

② 毕竟:到底。

③ 四时:四季。在这里指六月以外的其他时节。

④ 接天:像与天空相接。

⑤ 无穷:无边无际。

⑥ 别样:特别,分外。

素描

杭州城,盛夏中的西湖。

时光已经是六月中旬,正是一年之中最为炎热的时候。

在山水之间,空气清新,凉风拂面,湖水荡漾……如此的秀丽风光,同其他时节的景色相比较,有它自己独特的引人之处。是啊,一年四季,西湖有它不一样的美。

整个湖面都是碧绿碧绿的荷叶,无边无际,向着远处伸展而去。它们好像跟蔚蓝的天空连接在了一起,辽阔而壮观。

无数朵绽放的荷花红艳艳地映衬着火红的骄阳,显现出它们与众不同的娇艳姿态。

此情此景,怎不叫人陶醉!

这首绝句是诗人送别朋友时写的一首即景小诗,赞美了西湖六月的美好风光。作者对自然观察细致,领会深刻,写风景诗生动逼真,出类拔萃。

全诗文字朴素,然而却给读者描绘出一幅荷香扑鼻、色彩艳丽、意境清新的迷人画面。

诗句对仗工整,音调和美,更增添了全诗的艺术效果,具有独特的美感,让人回味无穷。

观书有感（其一）

朱　熹

bàn　mǔ　fāng　táng　yī　jiàn　kāi
半　亩　方　塘　一　鉴①开，

tiān　guāng　yún　yǐng　gòng　pái　huái
天　光　云　影　共　徘　徊。

wèn　qú②　nǎ③　dé　qīng　rú　xǔ④
问　渠②那③得　清　如　许④？

wèi　yǒu　yuán　tóu　huó　shuǐ⑤　lái
为　有　源　头　活　水⑤来。

注释

① 鉴:镜子。

② 渠:它,指方塘。

③ 那:通"哪",哪里,怎么。

④ 清如许:这样清澈。

⑤ 源头活水:比喻知识需要不断更新和发展。只有不断学习、运用、探索,才能使自己永葆先进和活力,就像水源头一样。

素描

这是一个只有半亩大的小池塘,却如同一面明镜似的清澈。它的水面,明晃晃地向着蔚蓝的、无边无际的天空展开着。

蓝天的广阔与浩瀚,游云的潇洒与自在,映衬在这小小的池子里面,让人觉得悠哉悠哉,不亦乐乎。

如此小的池塘为什么会清澈见底,以至能如同镜子般地映衬出天际的景色呢?

反复思索，我知道了这里面的原因：池塘水的清澈，是因为它拥有源头源源不断流淌的活水，它们激发出池水无尽的活力与灵性。

　　流水不腐，户枢不蠹，讲的就是这个道理。

　　其实，我们读书、写文章又何尝不是如此呢？日常的现实生活、好的书籍，就是我们创作的源泉。有了这个源泉，我们加以感悟，再参考前人的成果，就能创作出佳作来。

鉴赏

　　这首诗，与其说是一首写景诗，不如说是一首哲理诗。

　　整首诗用的是比喻的手法：书本知识是"源头活水"，人的头脑思想就是小池塘。人如果不读书，不长知识，不接受新鲜事物，他的头脑、思想就会愚钝、僵化。只有不断地汲取知识，不断地积累，不断有"源头活水"流进思想，人才能够在认知事物的时候豁然开朗、心明如镜。

诗人写诗,虽然是为了向世人讲明他感悟出来的道理,却把诗句写得清朗明快,丝毫没有强行说理的辞藻在其中。因此,全诗既精练轻捷,又充满哲理色彩。

春　日

朱　熹

shèng rì xún fāng sì shuǐ bīn
胜 日① 寻 芳 泗 水 滨②，

wú biān guāng jǐng yī shí xīn
无 边 光 景 一 时 新 。

děng xián shí dé dōng fēng miàn
等 闲③ 识 得 东 风④ 面 ，

wàn zǐ qiān hóng zǒng shì chūn
万 紫 千 红 总 是 春 。

① 胜日：亲友相聚或风光美好的日子。此处指晴日。

② 滨：水边。

③ 等闲：轻易，随便。

④ 东风：春风。

素描

春天来了。

春天，是朋友相聚的好时节。我和几个知己终于脱下了厚重的冬装，偕伴到泗水湖畔踏青游春。周围桃红柳绿，一片簇新的风光，真是动人的景象。

几个人随处地走动，萧索的冬天已经完全消退，无论漫步到哪里，看见的都是春风拂过的影子。

我们的耳边，不时地传来小鸟的婉转鸣叫，如动人的歌声一般。这些知名的和不知名的小鸟，就像是在参加歌咏比赛一样，唱得是多么带劲、多么动听啊！

树枝泛着新绿,抽着嫩芽。远远望去,整块的树林嫩绿嫩绿的,显得生机勃勃。花儿争奇斗艳,一片一片地,到处都是姹紫嫣红。

这样的风景在眼前浮动,美不胜收,毕竟是春天又回到了神州大地啊!

春天,真的来了!

    这首诗,对春天的美景发出感叹,体现出作者对大自然、对生活的热爱。这首诗把冬天刚过、新春来临的喜悦表现得淋漓尽致,让读者也能感受到那一时刻的灿烂春光与融融春意,并体会到诗人看见满目春光时的那份惊喜与欢乐。

过垂虹

姜夔

自作新词韵最娇^①,
小红低唱我吹箫。
曲终^②过尽松陵路,
回首^③烟波十四桥^④。

① 韵最娇:指作者特别满意这首新作的词。

② 终:结束。

③ 回首:回头。

④ 十四桥:泛指许多桥。

素描

除夕之夜,自好友范成大在苏州的石湖别墅乘船返家。

我自己新作的词,刚刚写成。我觉得新词听起来非常有韵味,自己特别满意。

恰逢岁末,天空正飘着雪花,小小船儿在河面上荡起一层一层的波浪,冬天的寒风似乎也不觉得有多冷,大概是由于新作写就所带来的兴奋吧!

歌女小红轻启朱唇吟唱此曲,我吹箫伴奏,忘情于音韵与词调之中,船儿就这样不知不觉地在湖面上轻轻地划过。

因为我们都太过投入在美妙的词曲中,当曲子终了方才发现船已经过了吴江县。

回首水面,一座座石桥若隐若现地飘浮在浩渺的烟波中,如同人间仙境一般美妙动人。所有这些,都让人觉得陶醉而满足。

    诗人在作这首诗的时候,以叙事为主,同时表达了诗人为朋友范成大制作新词后的得意心境。良宵美景,轻舟荡漾,烟波浩渺,乐声动人。如此其乐无穷的心境,在词句之间清晰可见,风景、词曲、乐声与诗人的陶醉得意的心情互相交融,浑为一体。

    其实,诗人在着力表现的,只有一个主题:忘情。

夜书①所见

叶绍翁

xiāo xiāo wú yè sòng hán shēng
萧萧②梧叶③送寒声，

jiāng shàng qiū fēng dòng kè qíng
江上秋风动客情。

zhī yǒu ér tóng tiǎo cù zhī
知有儿童挑④促织⑤，

yè shēn lí luò yī dēng míng
夜深篱落⑥一灯明。

① 书：写。

② 萧萧：这里形容风吹梧桐叶发出的声音。

③ 梧叶：梧桐叶。

④ 挑：用细长的东西拨弄。

⑤ 促织：蟋蟀，也叫蛐蛐。

⑥ 篱落：篱笆。

素描

已经是深秋时节。

江边的寒风，吹动着我窗外梧桐的叶子，树叶纷纷飘落。冬天的脚步，已经临近了。

风声萧萧。在这安静的夜晚，耳边响起的，除了风声，只有树叶沙沙作响声，一切都显得格外肃杀而清冷。

秋风起了，让人思念起故乡，想重新回到昔日熟悉的土地上。我的家人，你们现在怎么样了呢？该不会像我这样，在这个漆黑的夜里也睡不着吧？这浓浓的思乡情啊,惹得我无法入眠。还好,这早就不是第一次了,我早已习惯了。

在这凄凉的时刻,放眼望去,看见窗外有一盏明灯在闪着光辉。在这样深沉的寒夜里,怎么还会有这样的灯光呢?

站起来走到窗口仔细看,原来是一些孩子在野外寻找蟋蟀呢!看着他们无忧无虑的样子,我不禁叹息,我的童年到哪里去了呢?

鉴赏

这首诗表现出作者的思乡之情以及对童年生活的怀念。

诗人在诗句中借助听觉和视觉,描写了秋景、秋意以及诗人内心深处对故乡的思念之情。在诗句中,诗人表达出的感情凄冷寂寞,特别是人在异乡的孤寂,读来不禁让人动容。

不过,这首诗中,在诗人寂寞情感的深处,更透射出诗人达观的情怀。诗中生活气息浓重,特别是写孩子挑促织那句,把孩童天真烂漫的情趣表现了出来。

游园不值①

叶绍翁

yīng 应② lián 怜③ jī 屐 chǐ 齿④ yìn 印 cāng 苍 tái 苔⑤ ，

xiǎo 小 kòu 扣⑥ chái 柴 fēi 扉⑦ jiǔ 久 bù 不 kāi 开 。

chūn 春 sè 色 mǎn 满 yuán 园 guān 关 bù 不 zhù 住 ，

yī 一 zhī 枝 hóng 红 xìng 杏 chū 出 qiáng 墙 lái 来 。

二六七

注释

① 不值:没有遇到人。值,遇到。

② 应:大概,表示猜测。

③ 怜:怜惜。

④ 屐齿:指木屐底下突出的部分。屐,木鞋。

⑤ 印苍苔:在青苔上留下印迹。

⑥ 小扣:轻轻地敲。

⑦ 柴扉:用木柴、树枝编成的门。

素描

春雨连绵。几天过后,天终于放晴了,但地面依旧潮湿,路仍然很滑。

我想寻觅春天的足迹,就信步走到了相邻的一个园子。园子的门,是用木柴做的,我轻轻扣动,等了许久,却没有主人来应声开门。我只好在四周打量起来。

园子的门始终紧紧地闭着,想来主人家是生怕游客的脚步惊扰了满园的绿色与鲜花,担心旁人的足履践踏坏了满地青苔。难怪没有人来应门。

然而,春天的气息却是关不住的呀!

看哪!在园子的墙头,一枝绽放的杏花已经越过围墙,花儿红红的,露出娇嫩的容颜在那里向人微笑呢!

路过这里的我,虽然被拒园外,看不到园内的景色,却依旧满怀喜悦地看见春天在枝头上喧闹呢!

 鉴赏

这首诗主要是写诗人寻春访春的过程。

全诗以小见大:诗人以花园中一枝伸出墙头的杏花,展现出整个春天已经到来的景象。诗中园扉的关闭与杏花的出迎,一收一放,充满哲理意味。诗句鼓舞着读者,让人看见蓬勃的生机、顽强的生命力,让人产生对春天的向往。

题临安①邸②

林 升

shān wài qīng shān lóu wài lóu
山 外 青 山 楼 外 楼，

xī hú gē wǔ jǐ shí xiū
西 湖 歌 舞 几 时 休③？

nuǎn fēng xūn de yóu rén zuì
暖 风 熏 得 游 人 醉，

zhí bǎ háng zhōu zuò biàn zhōu
直 把 杭 州 作 汴 州④。

注 释

① 临安:在今浙江杭州,曾为南宋都城。

② 邸:旅店。

③ 休:停止。

④ 汴州:在今河南开封,曾为北宋都城。

素描

春天的杭州,城内外的景色,总是那样的美丽,一重重的青山,一个个的亭台楼阁,有着望不尽的苍翠,看不尽的妖娆风情。

一时间,杭州城里出现了许许多多达官贵人,他们并没有忧国忧民,图谋收复失地,而是天天饮宴,夜夜笙歌,过着醉生梦死的生活。

西子湖畔的歌女艺妓,天天莺歌曼舞。人们整天只知道享受她们带来的温柔欢娱,真不晓得这样醉生梦死的生活什么时候才是个尽头。

温暖的、甜腻的、带着脂粉气息的香风,在空气中拂动,过往的游客几乎要沉醉在其中,忘记归乡的路。他们只顾贪恋着杭州城里的平静与快乐,甚至已把这里当成了自己的家。

但是,如果一直这样下去,杭州也将会遭到汴州一样的命运,国土沦丧,山河不再!

有谁会想到这些呢?

　　这是一首题写在临安旅店墙上的诗,也是一首鞭笞时政的诗。

　　当时的南宋,山河破碎,大片的中原土地沦陷,可身处杭州的君臣依旧沉湎于歌舞升平之中。全诗表达出诗人胸中郁积难消的悲愤,以及心中对社会最清醒的认识。

　　这首诗构思的巧妙之处在于,明明是冷言冷语的讽刺,却偏从热闹的场面写起,堪称讽喻诗中的杰作。

　　如果说"山外青山楼外楼,西湖歌舞几时休"是一个问号，那么，"暖风熏得游人醉，直把杭州作汴州"就是一个感叹号，把诗人对国事的忧虑，对腐朽统治者的愤慨，都深刻地表达了出来。

过零丁洋①

文天祥

辛苦遭逢②起一经③，
干戈④寥落⑤四周星⑥。
山河破碎风飘絮⑦，
身世浮沉雨打萍⑧。
惶恐滩头说惶恐，
零丁⑨洋里叹零丁。
人生自古谁无死？
留取丹心照汗青⑩。

注释

① 零丁洋:即"伶仃洋",今广东珠江口外。

② 遭逢:指遇到朝廷选拔。

③ 起一经:指因精通某一经籍而通过科举考试得官。文天祥在宋理宗宝祐四年(1256)中进士第一名。

④ 干戈:干和戈本是古代两种兵器,这里指战争。

⑤ 寥落:稀少。指宋朝抗元战事逐渐消歇。

⑥ 四周星:四周年。

⑦ 风飘絮:形容大宋国势如风中柳絮,失去根基,即将覆灭。

⑧ 雨打萍:比喻自己身世坎坷,如同雨中浮萍,漂泊无根,时起时沉。

⑨ 零丁:孤苦无依的样子。

⑩ 汗青:古人在竹简上写字,先以火炙烤竹片,以防虫蛀。因竹片水分蒸发如汗,所以称之为"汗青"。这里指史册。

大概是 1256 年,我参加了科举考试,得了进士第一名,中了状元。

我就这样进入了仕途。支撑着宋王朝的残局,不可谓不艰辛。宋朝屡屡遭受战争,我也奉命举兵抗元。曲指数来,这样荒乱的岁月也已经过了四年。

山河破碎,国家岌岌可危,南宋王朝如同狂风里飘舞的柳絮一般。而我这个臣子,也就变得像雨中的浮萍一样无所依靠,难主沉浮。

在地势险恶的惶恐滩,我们被元军打败,想着家破人亡的悲哀,我觉得既惭愧又惶恐。经过零丁洋的时候,深感自己孤零无助,力不从心。我难以挽回宋王朝的命运,自己的壮志更是难酬。

自古以来,每个人的最后结局都一样,就是死去。但愿我的赤胆忠心能永载史册,让历史告诉未来。

　　这首诗是诗人以诗明志的代表作。诗的首联"辛苦遭逢起一经,干戈寥落四周星",追溯了自己前半生的艰苦。颔联"山河破碎风飘絮,身世浮沉雨打萍",直面现实讲了现实的沉重。颈联"惶恐滩头说惶恐,零丁洋里叹零丁",抒写了自己对当时情况的痛楚与感叹。尾联"人生自古谁无死,留取丹心照汗青",则把心中郁结的痛苦化作了英雄的气概,成为千古绝唱。

蟾宫曲·咏西湖（二）

奥敦周卿

西湖烟水茫茫，百顷风潭①，十里荷香。宜雨宜晴，宜西施淡抹浓妆。尾尾相衔画舫②，尽欢声无日不笙簧③。春暖花香，岁稔④时康。真乃上有天堂，下有苏杭。

注释

① 百顷风潭:指西湖水域广阔。

② 画舫:装饰华美专供游人乘坐的船。

③ 笙簧:泛指乐声。

④ 稔:庄稼成熟。这里指丰收。

素描

西湖的水一片烟雾迷蒙。微风轻轻吹过,清波粼粼,一派浩浩渺渺的样子。

风吹着方圆百顷的湖面,碧绿的荷叶上下浮动,荷花的芬芳幽幽地在湖面上飘来荡去。

无论是烟雨迷蒙,抑或是晴空万里,西湖的风光总是那么美丽动人,如同美女西施一样,无论怎么打扮,总是那么漂亮妩媚。

一艘接一艘的画舫,在湖面上游荡着。画舫里时不时地传来音乐以及欢声笑语。这样的情景,每天都能在湖面上见到。

春天到了,阳光明媚,空气温暖,花香隐隐浮动,年年丰收,时时康宁。

如此美丽的景象啊,苏州和杭州,真是可以同天堂相提并论了!

在咏西湖风景的诗词中,这算是一首难得的好词。

这首词将西湖的美写得让人信服。它把西湖的美,用铺陈的方式排列出来,无论是湖光山色,还是春暖花香,都充满大自然生命力之美。同时,这首词又把湖面上画舫中的欢声笑语描绘出来,通过把人的因素也加入其中,使景色更加生动起来。

蟾宫曲·叹世(其二)

马致远

咸阳^①百二山河，两字功名，几阵干戈。项废东吴，刘兴西蜀，梦说南柯。韩信功兀的般^②证果^③，蒯通^④言那里是风魔。成也萧何，败也萧何^⑤，醉了由他！

注释

① 咸阳:秦国的都城,在今陕西咸阳东北。

② 兀的般:如此,这般。

③ 证果:此处指下场、结果。

④ 蒯通:即蒯彻,因避讳汉武帝名而改。曾劝韩信谋反自立,韩信不听。他害怕事发被牵连,就装疯。后韩信果被害。

⑤ 成也萧何,败也萧何:萧何为汉初名将,曾经举荐韩信,后又参与谋害韩信。

素描

秦国咸阳一带地势十分险要。为了"功名"两个字,掀起了多少的风波,展开过多少战争。

项羽灭秦后,自立为西楚霸王,而他自己却又被刘邦围困在垓下,最终被击败,自刎于乌江。刘邦战胜了项羽之后,统一了天下,称了王。在这世道上,像项羽、刘邦这样的兴废都不过是梦幻一般。

韩信是汉朝的大将,在推翻秦政权和楚汉战争中,立下了汗马功劳,他击败项羽于垓下,使刘邦能够统一全国,但他最终却被吕后杀害。蒯通当年让韩信与楚汉三分天下的想法,也许是正确的呢。

韩信的成功是因为萧何的举荐,而韩信最后的死,却也是因为萧何。

好了,历史上的陈年旧账,还是不要去提了吧!

还是大醉不醒吧,管它成与败、生与死!

 鉴赏

在这首作品里,作者借古言今,表面上讲述了当时的政治争斗,实际上,作者"醉翁之意不在酒",表现了一种悲凉的嘲世与自嘲的态度,并进而指出:古往今来,多少英雄豪杰为了功名而纷争不已,你争我斗,到头来不过是得到一个失败或者死亡的结果。

天净沙·秋思①

马致远

枯藤老树昏鸦②。小桥流水人家。古道③西风瘦马。夕阳西下，断肠人④在天涯⑤。

① 秋思:秋天的思绪。

② 昏鸦:黄昏时将要回巢的乌鸦。

③ 古道:古老荒凉的道路。

④ 断肠人:形容悲伤到极点的人。

⑤ 天涯:天边,指远离家乡的地方。

素 描

黄昏。

褐黄色的干枯藤枝,缠绕在苍老遒劲的树干上,树枝上可以看见乌鸦在栖息。

陈迹斑斑的小桥下,溪水汩汩流动着。在小溪流的旁边,有几户人家居住着。简朴的茅屋上面,有袅袅的炊烟升腾。

风从西方吹过来,微微带着凉意。古道上,一匹消瘦的马从远处而来,孤寂地走在这荒凉的古道上。

夕阳逐渐向着西方倾斜而下,马背上漂泊天涯的游子,满怀惆怅地看着周围萧瑟的景象,情不自禁地黯然神伤。

他在想什么?

他为什么会来到这里?

他又要去哪里?

他就像一尊雕像,默默地在那里,连自己也一道成为风景。

鉴赏

这是马致远最著名的作品。

这支曲被称为"秋思之祖"。全曲的文字中见不到一个"秋"字,却尽刻深秋荒凉萧瑟的景象;见不到一个"思"字,却将浓厚的思念写得淋漓尽致。

作者以凝练的文笔、流畅的语句,自然而然地通过一幅秋日夕照图画,准确而委婉地刻画出旅人漂泊异乡的心境。语言上音节和谐,画面上色彩鲜明,种种独到之处,得到后人的一致称道。

端正好·碧云天

王实甫

碧云天，黄花地①，西风紧②，北雁南飞。晓③来谁染霜林醉，总是离人泪。

① 黄花地:黄花铺满大地。

② 紧:形容风疾速地吹。

③ 晓:清晨。

素描

深秋时节,碧空万里。

蔚蓝色的天空上,只有几片浮云在悠哉悠哉地飘动。它们的形状,一会儿这样,一会儿那样,飘来飘去,变幻不定。

黄花盛开的季节已经过去,只见遍野都是萎蔫的落英。

一阵西风疾吹而来,让人感觉微微地有了凉意,毕竟已经是深秋季节。

远处,北方的大雁排成整齐的队列,向着南方展翅飞去。它们又要走了,要在南方待到明年春天再回来。

清晨,霜林里的颜色让人沉醉,究竟是谁点染了这片霜林的色彩?

敏感的心灵都知道,那全是离别的人们用悲伤的泪水染成的啊!

这首小令是王实甫《西厢记》中第四本第三折中的一小段。全曲语言流畅,情感真切,受到后人的称道。

这一折,讲的是张生与莺莺的婚事定下后,崔老夫人提出张生必须进京应试,以高中状元为成亲条件。这一折情意绵绵,词句华美,而这段更是把张生与莺莺的离别之情,表现得淋漓尽致。

起首几句,"碧云天,黄花地,西风紧,北雁南飞",看似谈天说地,写风写雁,实则通过秋天黄花飞落、北雁南飞的景色,衬托出两个年轻恋人难舍难分的情感。"晓来谁染霜林醉,总是离人泪",则让读者感受到两人伤感无奈而又惆怅的心理状态,同时,也进一步反衬出封建等级制度与传统礼教对年轻人自由恋爱的压抑与控制。

山坡羊·潼关怀古

张养浩

峰峦如聚①，波涛如怒②，山河表里③潼关路。望西都④，意踌躇⑤。伤心秦汉经行处⑥，宫阙万间都做了土。兴，百姓苦；亡，百姓苦。

注释

① 峰峦如聚:写潼关山势,此地丛山汇集。

② 波涛如怒:形容黄河强盛的气势。

③ 山河表里:外有黄河,内有华山,是为表里。形容潼关一带地势险要。

④ 西都:指长安。

⑤ 踌躇:迟疑不决。这里形容心潮起伏。

⑥ 秦汉经行处:途中所见的秦汉宫殿遗址。秦朝都城咸阳和西汉都城长安都在潼关西面。经行处,行程中经过的地方。

素描

假如你站在雄伟的潼关之上,你就会看见:层峦叠嶂的山岭,就像是聚集在了一起。黄河咆哮着,波涛汹涌,势不可挡。

外有黄河,内有华山,雄伟的潼关就坐落在这里,傍山临水,地势无比险要。

向着西面眺望而去，就可以看见历代的古都——长安。

如此的景象，总让人看得心潮起伏，古今多少事，一齐涌上心头。

从秦汉隋唐遗址经过时，千万间雄伟壮丽的宫殿早已化作了焦土。回想起来，怎么不叫人伤心感叹。

当一个朝代渐渐兴盛的时候，老百姓受苦；而当一个朝代走向衰亡的时候，百姓依旧受苦！

潼关，地处陕、晋、豫交界处，依山傍水。

作者表现出的对人民的同情，与他所推崇的孟子的民本思想有直接的关系，同时也与作者直接体察到人民的苦难生活，直接受到人民思想的启迪有关。

《潼关怀古》所表现出的真挚强烈的感情和进步的历史观，在元代散曲中是十分突出的。

天净沙·即事

乔 吉

莺莺燕燕①春春，花花柳柳真真②，事事风风韵韵③。娇娇嫩嫩，停停当当④人人。

注 释

① 莺莺燕燕:指活泼的少女。

② 真真:指美女。

③ 风风韵韵:指美女富有风韵。

④ 停停当当:指游春美女打扮得入时得体。

素 描

忽然飘来一阵银铃似的笑声,由远而近。这笑声是那么天真,那么烂漫,无忧无虑。原来,来了一群年轻的女子。

你瞧这些女子,她们一个个天真活泼、娇媚动人。

她们的气质与神态各不相同,容颜姿色也各有特点,各有各的可人风韵。

你再仔细看看:她们的肌肤细腻娇嫩,她们体态轻盈,动作娇媚,她们打扮得端端正正,入时得体。

真是一群妖娆美丽的女子啊!

　　这首曲子,句句用叠词,读来朗朗上口,让人面前浮现出一幅春色美女图。

　　诗句中,"莺莺燕燕",比喻天真活泼的少女;"风风韵韵",本指一个人的风度和韵致,后多用来形容妇女的风流神态;"停停当当",则是形容妆扮、举止适宜。这些叠词,看似简单,却把女子的娇媚模样都表述了出来,真真切切,如在眼前。

金字经·春晚

张可久

惜花人何处，落红①春又残。
倚②遍危楼③十二阑④，弹，泪痕罗袖
斑。江南岸，夕阳山外山。

① 落红:指凋谢的花朵。

② 倚:倚靠。

③ 危楼:高楼。

④ 阑:同"栏",栏杆。

素描

　　暮春时节。春天,我心中的春天,就是这样眨眼之间悄悄地溜走,悄悄地溜走了呀!

　　那个曾经爱惜过我,曾经与我彼此相知相悉的人儿,现在在哪里呢?

　　春天即将消逝,那些娇艳的、香气袭人的花朵,此刻已经相继凋谢,一副萎蔫的模样。望着此情此景,我心里明白:春已将尽。

　　每当夕阳西下的时候,我便独自一个人登上高楼,倚靠在栏杆上,遥遥而望,怀念起远方的情人。泪水止不住滴落下来,在罗袖上留下斑斑泪痕,心中满是思念的凄凉和愁苦。

夕阳渐渐地沉向西方，一点一点隐没在重重叠叠的山峦后面，日子如此悄然地过去，时光如此轻飘飘地飞逝。只留下我望着远方哀思。

此刻，我心上的人儿啊，你在干什么？是不是也在看夕阳？

这支小令，描写因春归而引起的感伤情怀。在寥寥数语中，诗人表白了心境的凄凉和对远方情人的怀念。

这支小令中充满了凄凉、惆怅，淡淡的哀伤隐约而现。语句中有对短暂春天流逝的伤感，有对情人的怀念，情感真切。

墨 梅

王 冕

wǒ jiā xǐ yàn chí tóu shù
我 家① 洗 砚 池 头 树，

duǒ duǒ huā kāi dàn mò hén
朵 朵 花 开 淡 墨 痕。

bù yào rén kuā hǎo yán sè
不 要 人 夸 好 颜 色，

zhǐ liú qīng qì mǎn qián kūn
只 留 清 气② 满 乾 坤③。

① 我家:因王羲之与王冕同姓,所以王冕诗中便称"我家"。

② 清气:清香之气。

③ 乾坤:天地间。

素描

　　我画了一幅墨梅图。画中一棵梅树在小池边生长,朵朵的梅花由淡色的墨描绘出来,清淡而素雅,梅枝也是由墨痕勾画出来,显得遒劲有力。

　　我用单纯的墨色,画出只在冬天盛开的梅花,画出它们迎着严寒和风霜散发出清香。我并不稀罕别人来夸奖梅花的色彩艳丽,也不会去讨那些人的喜欢。

　　我只求让梅花的清香之气,通过黑色的墨永远充盈在天地之间,只有这样,梅花的品格才能真正显现出来。

　　自古就有"墨分五彩"之说。意思是,墨色深浅不一,很有层次。是啊,这深深浅浅的墨色,比起那些五颜六色,虽然少了许多抢眼夺目,但多了许多神韵。

在黑白之间,不是更能看出梅花那不俗的品格吗?

 鉴赏

这是一首题画诗。

墨梅,就是水墨画的梅花。诗人赞美墨梅不求人夸,只愿给人间留下清香的美德,实际上是借梅自喻,表达自己对人生的态度以及不向世俗献媚的高尚情操。诗中的梅花由淡墨画成,看似不经意的寥寥几笔,外表虽然并不娇艳,但具有神清骨秀、高洁端庄、幽独超逸的内在气质。

总之,这首诗题为"墨梅",意在述志。诗人将画格、诗格、人格有机地融为一体。字面上在赞誉梅花,实际上是在赞赏一种立身之德。

醉太平·堂堂大元

无名氏

堂堂①大元，奸佞②专权。开河③变钞④祸根源，惹红巾万千⑤。官法滥，刑法重，黎民怨。人吃人，钞买钞，何曾见。贼做官，官做贼，混贤愚。哀哉⑥可怜！

注释

① 堂堂:气象宏大庄严。

② 奸佞:谄媚巧伪、拨弄是非而又阴险狡猾的坏人。佞,善以巧言献媚取宠者。

③ 开河:指开掘黄河故道。

④ 变钞:变换名目,滥发纸币。

⑤ 红巾万千:元末刘福通等初起义时仅三千人。推韩山童为明王。起义失败后,刘福通回家乡颍州(治今安徽阜阳)重新组织义军,短期内迅速发展到十余万众。

⑥ 哉:语气词,表示感叹。

素描

土地辽阔、物产丰富、国民众多的国土,却是朝廷奸佞当道,君主看不清国情政务。

现在,顺帝强征民工十五万,戍军二万,用以治河,而且还变换着名目滥发纸币。这样昏庸不堪的王朝,终于引起数万红巾军的起义。

这样的统治，官法多到滥，刑罚重如山，老百姓生活在水深火热之中，到处都是贫困和抱怨。社会上，人与人之间彼此钩心斗角，经济通货膨胀。这样人吃人的社会，什么时候曾经见过？

品性差的、没有才能的人做了朝廷的大官，朝廷里的官老爷们，并不尽自己的义务，而是依仗权势、为非作歹。朝廷用人把忠诚贤明与愚笨驽钝混淆在一起，根本不起用品行好、有才干的英才。

这样的时代和社会，怎能不让人觉得悲哀啊！

这支小令用明快的语言，写出了当时社会的政治面貌，以及人民为了生存英勇地拿起武器进行斗争的原因。

小令的词句简单而直白，展现社会状况，充满现实主义的特色，重在揭露时弊。同时，小令的表达与风格又颇具民谣的特点，节奏明快，便于上口。

绝　句

刘　基

人生无百岁，百岁复①如何？

古来②英雄士，各已归山阿③。

① 复：又。

② 古来：自古以来。

③ 归山阿：指这些英雄志士都不可避免地归葬山陵了。阿，大山。

素描

人的生命是有限的。

简单地说，人生一世，一般都无法活到一百岁。那么，哪怕就是活到了一百岁那又如何呢？所以，庄子说"生也有涯"。

岁月在流逝，而生命终究要匆匆走过，大多数人不会留下太多的痕迹。

自古以来，有许多英雄豪杰，曾经在人世间叱咤风云，曾经留下那么多事迹让后人传诵。这些有志之士，最终不单单化作一抔黄土，他们的事迹与精神，将同山河共在，与日月同辉。

啊,人生竟然可以如此壮丽!

这首诗写了志士的慷慨之情。

诗歌的前两句"人生无百岁,百岁复如何",运用了诘问句式,深入一层,增强了人生感慨的表达力量。后两句"古来英雄士,各已归山阿",则进一步申明阐发了前意,把英雄志士的气概表达了出来,完全不同于一些文人无病呻吟的诗句,而是表达出对岁月的感慨,情感真挚,豪气洋溢。

刘基是辅佐朱元璋扫荡群雄成就统一大业的一代英雄志士,内心踌躇满志,虽明白人生苦短,却更知山河壮丽。他在诗句中融入了个人情感,并寄托了豪迈的气概和无限的感慨。

咏煤炭

于 谦

凿开混沌①得乌金②，
蓄藏阳和③意最深。
爇火④燃回春浩浩，
洪炉照破夜沉沉。
鼎彝⑤元赖生成力，
铁石犹存死后心。
但愿苍生⑥俱饱暖，
不辞辛苦出山林。

注释

① 混沌：指世界还没有被开辟以前的状态。古人认为天地未开时“混沌如鸡子”。这里指大地。

② 乌金：指煤炭。

③ 阳和：原指和暖的阳光，这里指煤炭所蓄藏的热能。

④ 爝火：小火，火把。

⑤ 鼎彝：原是古代饮食用具，后来专指帝王宗庙的祭器，引申为国家、朝廷。这里兼含两义。鼎，炊具。彝，酒器。

⑥ 苍生：百姓。

素描

我要赞美你呀，煤炭！

你深藏不露，凿开覆盖在你身上厚厚的土石，才能找到你。

你的身体里，蓄藏着像阳光一样温暖的热量。你一旦燃烧起来,就能让人觉得无限温暖,犹如大地回春一般。你用明亮的火焰冲破夜晚的黑暗,把光明带到人间。

与此同时,人们的生活更要依靠炭火的力量。铁石看似已经没有用处,但埋在地下久了,被地气消融后就会变成煤炭,依然能够为人们造福。

你最大的心愿,是能够为广大的苍生带来温饱的生活。正因为心里存着这样的理想,你才不辞辛苦地从山林中出来,把自己贡献给天下苍生。

你貌不惊人,看似乌黑一片,却蕴藏着火红火红的心。

我要赞美你呀,煤炭!

 鉴赏

　　这是一首借物咏志的诗。

　　诗中看似句句赞颂煤炭,实际上,句句都是在抒写自己为国家鞠躬尽瘁、死而后已的抱负。煤炭深埋在厚厚的土石之下,却有给人间带去温暖的心志。诗人借煤炭来表达自己的情怀。人们的生活,依赖于煤炭传递的热量。这正是比喻作者自己,身未入朝的时候就心念时事,以天下为己任,希望为国家贡献自己的才华,给百姓的生活带去温暖。

　　煤炭为了人们的温饱,不惜烧尽自己,这种勇于牺牲的精神,也正体现了作者自己的志向。

石灰吟

于 谦

qiān chuí wàn záo chū shēn shān
千 锤 万 凿 出 深 山，

liè huǒ fén shāo ruò děng xián
烈 火 焚 烧 若① 等 闲②。

fěn gǔ suì shēn hún bù pà
粉 骨 碎 身 浑③ 不 怕，

yào liú qīng bái zài rén jiān
要 留 清 白 在 人 间。

① 若:好像。

② 等闲:平常。

③ 浑:全,全然。

我原本是埋在深山里的石头。在那里,我已经孤独地等了千百万年。

终于有一天,嘹亮的劳动号子在深山里响起,把我从睡梦中惊醒,从此,千锤百炼对我来说,已经是家常便饭。

对于烈火的焚烧,我已经根本不放在眼里——这不过是最小的考验罢了。我知道,只有经过了烈火的焚烧,才能成为石灰。

在成为石灰后,虽然我已经粉骨碎身,却已经不再害怕受到任何苦痛的打击。所有的困苦与磨难,我都已经不在乎了。

我要把自己的清白之躯留在人间，让别人知道：我一生虽然历经各种艰难困苦的考验，虽然饱受各种艰辛难熬的挫折，但是却有一股浩然正气长留天地。

鉴赏

　　这是一首托物言志的诗。

　　全诗通过赞美石灰，表达了自己以天下为己任，为了社稷苍生，不惜"粉骨碎身"的坚强意志和决心。在表现手法上，诗人运用了拟人、借喻等手法，使得石灰的形象显得十分生动。

　　诗人不愧是一位杰出的英雄人物，他的"忠心义烈，与日月争光"，为后世留下了一股浩然正气。这首诗，正是他的自喻。

朝天子·咏喇叭

王 磐

喇叭，唢呐，曲儿小腔儿大^①。官船^②来往乱如麻，全仗你^③抬声价^④。军听了军愁，民听了民怕。哪里去辨甚么^⑤真共^⑥假？眼见的吹翻了这家，吹伤了那家，只吹的水尽鹅飞罢^⑦！

注释

① 曲儿小腔儿大：曲子短小，声音响亮。讽刺宦官原属宫廷中供使唤的奴才，地位本来低下，却倚仗帝王的宠信大摆威风。

② 官船：官府的船。这里指扰民的宦官船只。

③ 你：指喇叭和唢呐。

④ 声价：声望和社会地位。

⑤ 甚么：即什么。

⑥ 共：和。

⑦ 水尽鹅飞罢：水干了，鹅也飞光了。比喻民穷财尽。

素描

现在，喇叭和唢呐声响彻京杭大运河。

喇叭和唢呐，它们吹奏的曲儿虽然短小，不像其他乐器那样有宏伟的篇章，可是，它们的腔调却很大，震得京杭大运河两岸鸡飞狗跳,老百姓早已经是不胜其烦。

你看,官船来往,乱成一团,如同麻线一样纠缠。官船的气势,全依靠喇叭和唢呐来抬高身价,其实,那都是在虚张声势。

兵士们听了,兵士们郁闷惆怅;百姓听了,百姓惶恐惊慌。又有谁能够区分出究竟谁是真正具有势力的,谁是靠着喇叭、唢呐的声势搞虚假的排场?

眼看着吹翻了这一家,又吹伤了那一家,只吹得江河里的水流干枯,白鹅也飞跑啦!

喇叭和唢呐,你们就吹吧,看你能吹到什么时候!

明朝正德年间,宦官当权,欺压百姓,在运河行船时常吹起号来壮大声势,这支散曲正是为了讽刺那些宦官而作。诗中表面上写的是喇叭和唢呐,实则写的是倚仗帝王宠信大摆威风的宦官。

当时,王磐正值盛年,家乡高邮就在京杭大运河东岸。

整首曲子，虽然没有正面提到一次"宦官"，只是笼统地说"官船"，但是，却活画出了他们的丑态，在轻俏诙谐中表达了对宦官的鄙视和愤慨。

别云间

夏完淳

sān nián jī lǚ kè，jīn rì yòu nán guān①。
三　年　羁　旅　客，今　日　又　南　冠①。

wú xiàn shān hé lèi，shuí yán tiān dì kuān。
无　限　山　河　泪，谁　言　天　地　宽。

yǐ zhī quán lù② jìn，yù bié gù xiāng nán。
已　知　泉　路②　近，欲　别　故　乡　难。

yì pò③ guī lái rì，líng qí④ kōng jì kàn。
毅　魄③　归　来　日，灵　旗④　空　际　看。

注释

①南冠:《左传·成公九年》载,楚国人锺仪被俘,仍戴着"南冠"(楚国的冠)。后世遂以"南冠"为俘虏的代称。

②泉路:地下。指阴间。

③毅魄:英魂。语出屈原《九歌·国殇》:"身既死兮神以灵,魂魄毅兮为鬼雄。"

④灵旗:战旗。古代出征前必祭祷之,以求旗开得胜,故称。

素描

屈指数来,我离开家乡过异乡人的生活,已经有三年了。

虽然家乡已经被清兵占据,我在这三年里也经历了无数次挫折和失败,但我仍然毫不动摇地在江南一带继续从事抗清活动,风尘仆仆地坚持斗争,过着颠沛流离的生活。现在,我因被人告发而囚禁他乡。

神州山高水阔,疆域宽广。如今,却是山河破碎,民不聊生。为此,我不知道流过多少眼泪!在这辽阔的天地间,竟然已经没有我的容身之地。

明明知道为了国家民族的利益而战斗,早晚必有一死。可如今,真的要与自己的故土和乡亲诀别,却又是多么不容易啊!

永别了,我的故土!此去恐怕我就无法再回来了。可是,我那坚强不屈的魂魄,还是要回来,要回到故乡,仍然高举抗清的义旗!

这是一首诀别诗,表现了诗人对故乡的眷恋,以及誓死不屈的决心。面对再也无法回归的故土,诗人在诗句中流露出无限的眷恋和深切的感叹,情感至真至切。

诗歌的前半部分,寥寥几句,把对故乡的依恋以及内心的凄苦、悲凉和惆怅,表达在字里行间。诗歌的后半部分,诗人把自身的爱国情怀和誓死不归的决心展现了出来,体现了真男儿的本色。诗句情感真挚,轻轻的叹息深埋字间,令人读来不禁动情唏嘘。

竹　石

郑　燮

咬定青山不放松，
立根原在破岩①中。
千磨万击还坚劲②，
任③尔④东西南北风。

① 岩:岩石。

② 坚劲:坚韧强劲。

③ 任:任凭。

④ 尔:你。

素描

我们是一丛碧绿苍翠的竹子。

我们没有生长在小河边,也没有生长在宅前屋后。

我们生长在荒山顶上,把根深深地扎在破岩之中,无论经历怎样的风吹雨打,都毫不动摇。

春日之东风,夏日之热风,秋日之萧风,冬日之寒风,无论风来自何处,刮得多猛,无论受到多大的折磨与击打,我们始终坚定强劲地挺立在青山中,向着蔚蓝的天空,伸展出自己的枝叶。

我们勇敢地直面命运。

我们的存在,是对艰难时世的轻蔑;我们的欣欣向荣,是对命运和环境的嘲弄。

是执着？是洒脱？全部留给别人去说。

这就是我们的宣言,一丛碧绿苍翠竹子的宣言。

这是一首寓意深刻的题画诗。

诗人在赞美竹子的坚定顽强中,隐寓了自己强劲的风骨,把主观的情感融于客观事物的描述之中,语句简单直白却意义深刻。

前两句"咬定青山不放松,立根原在破岩中",直接描写了竹子的风骨。诗人先写竹子"咬定青山"的形象,再补充交代竹子生根的位置,把竹石在青山岩石中生长,在风吹雨打中磨炼的特点,生动地表述了出来。后两句"千磨万击",在夸张中见坚劲;"任尔东西南北风",则充满了对艰难环境的轻蔑与嘲弄。

所 见

袁 枚

mù tóng qí huáng niú，gē shēng zhèn lín yuè。
牧 童 骑 黄 牛，歌 声 振^① 林 樾^②。

yì yù bǔ míng chán hū rán bì kǒu lì。
意 欲^③ 捕 鸣 蝉，忽 然 闭 口 立。

① 振:振荡,回荡。说明牧童的歌声嘹亮。
② 林樾:指道旁成荫的树。
③ 意欲:想要。

素描

又是一个盛夏时节。

这是一个晴朗的下午,太阳已经开始西斜,但天气还是格外热。枝头的树叶正无精打采地耷拉下来,只是在夕照下,投下些许阴凉。

树荫下的小道上,一个牧童正悠然自得地骑在黄牛背上。放了一天的牛,他正走在回家的路上。他一路行走,一路唱着山歌。歌声清脆嘹亮,在树林中回荡。

忽然,歌声停了下来。再一看,只见小牧童脊背挺直,嘴巴紧闭,两眼凝望着高高的树梢。这孩子究竟在看什么呢? 想做什么呢?

顺着他的视线,可以看见树上有一只蝉儿正在扯开嗓门自鸣得意地鸣唱!

　　哦,原来是树上的鸣蝉把牧童的注意力吸引住了。他正在想着如何抓住这只蝉儿呢!难怪不再唱歌了,他是怕惊了这只蝉儿呀。

　　这首诗描写的是牧童放牛的生活场景,或者说是生活片段。

　　这首诗充满童趣,前半部分为动,后半部分为静,全诗动静结合,把牧童天真俏皮的天性表现了出来。诗中把孩子的天真神态刻画得淋漓尽致,颇具新意。

论 诗

赵 翼

李杜诗篇万口传，
至今已觉不新鲜。
江山代①有才人②出，
各领风骚③数百年。

　① 代：一代一代。

　② 才人：才华出众的人。此处指诗人。

　③ 风骚：原指《诗经》中的"国风"和屈原的《离骚》，后来把关于诗文写作的事叫"风骚"。这里风骚连用代表不同的诗歌潮流。

素 描

　　李白、杜甫的诗篇，可以说是"文章本天成，妙手偶得之"，实在是精彩绝伦，让后人叹服。可是，他们的诗篇，从唐朝流传到现在，已经被千万人传诵过，早已经不再新鲜了。人们读多了，已经不再惊讶于他们的才华。距离李白、杜甫的年代，已经过了那么长的岁月，而在这期间，新的有才华的文人墨客一代代地涌现。这些新一代的文人墨客，如同长江中一波波翻涌前进的波涛一样，前赴后继。他们凭优秀的诗作、杰出的文采，各自在他们生活甚至去世后的时代里，被众人传诵着，他们的诗篇也各自成为那个时代的代表,被永久载入了史册。

　　这是赵翼"论诗"系列诗中的一首。这首诗运用了对比的手法,先以李白、杜甫作比喻,说明古代曾经出名已久的诗人,对今人来说,已经过于熟悉。然后,又点明人才是在各个时代都会涌现的,在不同的岁月里发挥作用。

　　诗人对近些年涌现的才俊表示出赞颂之情,对未来充满期盼。虽然前代有许多杰出的人物出现,但诗人满怀信心地认为,现在和将来会有更多的优秀人才涌现出来。不同的年代有不同的人物,不同的人物成为各自时代流传后世的精英。

己亥杂诗

龚自珍

九州① 生气② 恃③ 风雷，
万马齐喑④ 究⑤ 可哀。
我劝天公重抖擞⑥，
不拘一格⑦ 降人材。

注释

① 九州：相传古代中国分为九州，后来亦泛指中国。

② 生气：活力，生命力。这里指朝气蓬勃的局面。

③ 恃：依靠。

④ 万马齐喑：所有的马都沉寂无声。比喻人们沉默不语，不敢发表意见。喑，沉默。

⑤ 究：毕竟。

⑥ 抖擞：振作精神。

⑦ 不拘一格：不拘守一定的规格，即不必依照旧规格。

素描

如果希望全中国能够生气勃勃，那就得依靠一场疾风惊雷来震撼一下神州大地。

风雨雷电啊，你们快来吧！

狂风，你吹吧，快来把人间的乌烟瘴气吹个干干净净吧!

暴雨,你下吧,快来把这漫天的尘埃荡涤干净,把这久旱的土地滋润个透彻吧!

雷电,你来吧,快来把这沉沉大地震醒吧! 它也该苏醒了!

现在的国土,现在的社会,都被一种令人窒息的沉闷局面笼罩着。在如此沉闷的天空下,大家都沉闷着无法动弹,这是何其的悲哀啊!

天公啊,您也振作一下精神吧! 不要在这样隐晦郁闷的气氛下闷闷不乐。抖擞起来,振奋起来,请为这片土地多降一些人才。不要拘泥于旧规陋习,让各种能人异士都脱颖而出!

龚自珍的《己亥杂诗》是自传式的大型组诗。这首《己亥杂诗》的写作年代,正值鸦片战争前夕。这年七月,龚自珍路过镇江,当时,这一带接连三个月滴雨未下,正发生严重的旱灾。龚自珍到达时,恰逢一场迎神赛会。一位与他熟悉的老道邀请他写一首青词，也就是写给天神的奏章。龚自珍欣然下笔，写下了这首著名诗篇。

诗歌借"万马齐喑"比喻当时的大清王朝政治腐败，扼杀人才，社会一片死寂。诗人在诗句中召唤着巨大的社会变革的到来，期待着生气勃勃的新局面的出现。当然诗人在诗中也希望这些多种多样的人才能够冲破框架，打破旧世界，缔造出一个崭新的世界。

作为当时先进思想的代表人物，龚自珍的这首诗具有相当大的启蒙意义，对后世产生了深远的影响。

村 居

高 鼎

cǎo zhǎng yīng fēi èr yuè tiān
草 长 莺 飞 二 月 天 ，

fú dī yáng liǔ zuì chūn yān
拂 堤① 杨 柳 醉② 春 烟 。

ér tóng sàn xué guī lái zǎo
儿 童 散 学 归 来 早 ，

máng chèn dōng fēng fàng zhǐ yuān
忙 趁 东 风 放 纸 鸢③ 。

①堤:堤岸。

②醉:迷醉,陶醉。

③纸鸢:这里泛指风筝。纸鸢原是一种纸做的形状像老鹰的风筝。鸢,老鹰。

素 描

二月,春天到来的时节。

草儿刚刚冒出嫩芽,正在逐渐茂盛起来。

天空开始温暖起来,鸟儿们也从自己的巢里飞出来,在蓝天上飞翔,一只只欢快雀跃。

这真是个阳光明媚的春天!

远处,柳枝在微风中轻轻拂过堤岸,轻柔地把枝条上的嫩绿播撒在湖面上。

在这一片湖光春色里,人们的心情也变得欢畅起来。

孩子们放学回来后,正是东风和煦的时刻。于是,他们忙不迭地跑到开阔的地方放起风筝,在蓝天下微风中寻找自己的乐趣。

啊,飞起来啦!

天上,是一只只形色各异的风筝在飞;地上,是孩子们的欢笑在荡漾。

这真是一派春天的新气象。

这是一首描写孩童春天放风筝的诗,如同一幅美丽的通俗画:春光明媚,丽日和风,一群天真可爱的儿童沐浴着春光,呼吸着新鲜空气,奔跑着放飞风筝。

值得注意的是,诗人在诗中运用明丽而质朴的词语、带有阳光色泽的辞藻,展现了春天的气息。

总之,这首诗表现了大自然的神奇魅力。春天初到,万物更新,无论是杂草还是鸟儿都焕发着春的气息。诗人在诗句中表现了他在春天到来时候的欣喜。另外,诗人在诗中还把孩童天真活泼的天性展现了出来,童趣盎然。

附录一：作者简介

屈原（约前 340—约前 278），名平，字原，战国时期楚国人。曾任左徒、三闾大夫等官职。后为同僚上官大夫所谗，被怀王疏远。顷襄王时，更因令尹子兰之忌被流放。他看到国家政事日益混乱，悲愤忧郁，自投汨罗江而死。

刘邦（前 256 或前 247—前 195），字季，沛县丰邑中阳里人（今属江苏丰县），中国历史上杰出的政治家、战略家，汉朝开国皇帝。刘邦对汉族的发展以及中国的统一有突出贡献，历代史家对其多有称赞。刘邦传世的作品只有两首，一首叫作《大风歌》，一首叫作《鸿鹄歌》。

项羽（前 232—前 202），名籍，字羽，楚将项燕之后，下相（今江苏宿迁西南）人，秦朝末年政治家、军事家。项羽的文学作品目前流传下来的有《垓下歌》。

曹操（155—220），字孟德，沛国谯县（今安徽亳州）人。位至丞相及大将军，封魏王。曹丕称帝，追尊为武帝。他的诗歌受乐府民歌的影响很深，但富有创造性，气魄雄伟，情感深沉，苍凉悲壮。有《魏武帝集》。

刘桢（？—217），字公干，东平宁阳（今山东宁阳北）人，东汉末年文学家，"建安七子"之一。文学成就主要表现于诗歌，特别是五言诗创作方面，在当时负有盛名，与曹植并举，称为"曹刘"。如今存诗十五首，风格遒劲，语言质朴，重名于世。其中代表作《赠从弟》言简意明，平易通俗，长于比喻。

曹植（192—232），字子建，沛国谯县（今安徽亳州）人，魏文帝曹丕之弟。三国时期的文学家、诗人、音乐家。曹植在建安诗坛上取得了比较高的成就。他在汉乐府古诗的基础上，对五言诗的发展做出了重要贡献。现存诗七八十首，是建安诗人中最多的。前期的诗歌以《白马篇》为代表，洋溢着乐观、浪漫的情调。后期因为生活的突变诗风转为忧虑、悲愤和抑郁,代表作有《赠白马王彪》等。除诗歌创作外,曹植的散文和辞赋写作也取得了很大的成就,著有《与杨德祖书》《与吴季重书》《求自试表》等名篇。

阮籍(210—263),字嗣宗,陈留尉氏(今属河南)人,"竹林七贤"之一。曾为步兵校尉,故世称"阮步兵"。长于五言诗,作品内容对当时的虚伪礼法进行了猛烈的抨击,抒写了自己抱负无法施展的苦闷心情,也流露了想要远离祸害的消极情绪。后人辑有《阮嗣宗集》,今人有《阮籍集校注》。

陶渊明(352 或 365 或 372 或 376—427),名潜,字元亮,别号五柳先生,私谥靖节,世称"靖节先生",东晋诗人。他是中国第一位田园诗人,被誉为"古今隐逸诗人之宗""田园诗派之鼻祖"。陶渊明作品有《饮酒》《桃花源记》《归去来兮辞》《五柳先生传》等。

李白(701—762),字太白,号青莲居士,自称祖籍陇西成纪(今甘肃静宁西南),唐朝伟大的浪漫主义诗人。

李白为人爽朗大方，乐于交友，爱好饮酒作诗，名列"酒中八仙"。著有《李太白集》。代表作有《望庐山瀑布》《行路难》《蜀道难》《静夜思》《早发白帝城》《黄鹤楼送孟浩然之广陵》等。李白所作词赋，就其开创意义及艺术成就而言，享有极为崇高的地位，后世誉为"诗仙"，与诗圣杜甫并称"李杜"。

张志和（732—774），字子同，初名龟龄，号玄真子，婺州金华（今属浙江），唐代诗人。张志和三岁就能读书，六岁做文章，十六岁明经及第，先后任翰林待诏、左金吾卫录事参军、南浦县尉等职。后有感于宦海风波和人生无常，在母亲和妻子相继故去的情况下，弃官弃家，浪迹江湖。

白居易（772—846），字乐天，号香山居士，又号醉吟先生，其先太原（今山西太原西南），到其曾祖父时迁居下邽（今陕西渭南北），生于河南新郑，唐代现实主义诗人，唐代三大诗人之一。白居易是唐代最高产的诗人之一，其诗歌题材广泛，语言平易通俗，富有人情味，现存有三千首。代表作《琵琶行》《长恨歌》等经典作品得到了广泛传播和流传,对后世产生了深远的影响。白居易在政治领域中也发挥了重要作用,任职期间,表现出了卓越才干和良好的治国思想,为唐朝政治的发展做出了贡献。同时,白居易在文学上从理论和创作实践中倡导了新乐府运动,强调了诗歌的"美刺"作用。

温庭筠(约 801—866),原名岐,字飞卿,太原(今山西太原西南)人。温庭筠才思敏捷,相传每入试,押官韵,八叉手而成八韵,时号"温八叉"。能词,词风秾艳,词藻华丽,对晚唐五代词和宋词影响很大。温庭筠精通音律,诗与李商隐齐名,时称"温李"。其诗辞藻华丽,浓艳精致,内容多写闺情,少数作品对时政有所反映。其词艺术成就在晚唐诸词人之上,为"花间派"重要词人,被尊为"花间词派"的鼻祖,对词的发展影响较大。在词史上,温庭筠与韦庄齐名,并称"温韦"。其词作更是刻意求精,注重词的文采和声情,其词现存七十余首。

李璟(916—961),本名景通,字伯玉,继其父李昪为南唐主,在位十九年(943—961),庙号"元宗",世称"中主"或"嗣主"。今传词四首。

李煜(937—978),字重光,南唐中主李璟之子,公元961年嗣位,史称南唐后主,在位十四年。李煜通晓音律,善诗文,能书画,而尤工于词。作品能直抒胸臆,不加雕饰,而遣词准确、洗练,生动如画,形象鲜明,风貌天然。今所传《南唐二主词》是他和李璟的合集,为后人所辑。

王禹偁(954—1001),字元之,济州巨野(今属山东)人,出身农家。历官左司谏、知制诰、翰林学士。为人忠直敢言,三次受到贬谪,作《三黜赋》以见志。他反对五代浮靡的文风,提倡文学韩愈、柳宗元,诗学杜甫、白居易。所作诗文,风格简古淡雅,起了一定的革新作用。有《小畜集》《小畜外集》《王代史阙文》。

范仲淹(989—1052),字希文,祖籍邠州,后移居苏州吴县(今江苏苏州),北宋时期杰出的政治家、文学家,谥号“文正”,世称“范文正公”。范仲淹文武兼备、智谋过人,无论在朝主政还是出师戍边,均系国之安危、时之重望于一身。他领导的庆历革新运动,虽只推行一年,却开北宋改革风气之先,成为王安石“熙宁变法”的前奏。其文学成就也较为突出。他倡导的“先天下之忧而忧,后天下之乐而乐"思想和仁人志士节操，对后世影响深远。有《范文正公集》传世。

寇准（961—1023），即寇準，字平仲，华州下邽（今陕西渭南北）人，寇湘之子，北宋政治家，谥号"忠愍"，故后人多称"寇忠愍"或"寇莱公"。与白居易、张仁愿并称"渭南三贤"。寇准性豪奢，为人耿直敢言，正气凛然。其善诗能文，与宋初山林诗人潘阆、魏野、九僧等为友，诗风近似，以七言绝句最有韵味。有《寇莱公集》七卷、《寇忠愍公诗集》三卷传世。

梅尧臣（1002—1060），字圣俞，宣州宣城（今属安徽）人。宣城古名宛陵，故世称梅宛陵，北宋诗人。与钱惟演、欧阳修是至交好友，经欧阳修举荐，为国子监直讲，累迁尚书都官员外郎，故世称"梅直讲""梅都官"。梅尧臣是宋代重要的诗人，他的诗歌与欧阳修的古文、蔡襄的书法代表了庆历、嘉祐年间文学艺术的最高成就，是嘉祐文明在文艺上的集中体现。他与苏舜钦齐名，时号"苏梅"，又与欧阳修并称"欧梅"。其诗风格"闲肆平淡，涵演深远"，具有很高的艺术性和思想性，有"宋诗开山祖师"之称,对宋代诗风转变影响很大。梅尧臣给后世留下了很多著作,其诗文被编为《宛陵先生文集》六十卷,收录于"四库全书"。其他尚有《唐载记》二十六卷、《毛诗小传》二十卷、《孙子注》十三篇、《续金针诗格》一卷等。

欧阳修(1007—1072),字永叔,号醉翁,晚号六一居士,吉州永丰(今属江西)人。北宋政治家、文学家、史学家,谥号"文忠",世称"欧阳文忠"。欧阳修是北宋诗文革新运动的领袖,为文以韩愈为宗,大力反对浮靡的时文,以文章负一代盛名,名列"唐宋八大家"和"千古文章四大家"。平生喜好奖掖后进,曾巩、王安石、苏洵父子等都受到他的提携和栽培,对北宋文学的发展做出了巨大的贡献。其文纡徐委曲,明白易晓,擅长抒情,说理畅达,影响了宋朝一代的文风。诗风雄健清丽,词风婉约有致。此外欧阳修在经学、史学、金石学等方面都有卓著的成就。苏轼称他"事业三朝之望,文章百世之师"。欧阳修曾与宋祁合修《新唐书》,并独撰《新五代史》。今有《欧阳文忠公文集》《六一词》等传世。

苏舜钦(1008—1049),字子美,祖籍梓州铜山(今四川中江），开封（今属河南）人，北宋时期诗人。苏舜钦提倡古文运动，善诗词，与宋诗"开山祖师"梅尧臣合称"苏梅"。著有《苏学士文集》，诗文集有《苏舜钦集》十六卷。

李觏（1009—1059），字泰伯，世称盱江先生，北宋思想家。李觏家世寒微，自称"南城小民"。自幼聪颖好学，五岁知声律、习字书，十岁通诗文，二十岁以后文章渐享盛名，但科举一再受挫，仕途渺茫。从此退居家中，奉养老母，潜心著述。李觏博学通识，尤长于礼。他不拘泥于汉、唐诸儒的旧说，敢于抒发己见，推理经义，成为"一时儒宗"。今存《直讲李先生文集》三十七卷，有《外集》三卷附后。

邵雍（1011—1077），字尧夫，号安乐先生、伊川翁等，谥号"康节"。北宋理学家，与周敦颐、张载、程颢、程颐并称"北宋五子"。著有《皇极经世》《观物内外篇》《先天图》《渔樵问对》《伊川击壤集》《梅花诗》等。

王安石（1021—1086），字介甫，号半山，抚州临川（今江西抚州）人，北宋时期政治家、思想家、文学家，"唐宋八大家"之一,谥号"文",世称"王文公"。王安石潜心研究经学,创"荆公新学",促进了宋代疑经变古学风的形成。他的散文雄健峭拔。其诗擅长于说理与修辞,晚年诗风含蓄深沉、深婉不迫,以丰神远韵的风格在北宋诗坛自成一家,世称"王荆公体"。其词虽不多而风格高峻。有《临川先生文集》等著作存世。今人辑有《王安石全集》。

张舜民(约 1034—约 1100),字芸叟,自号浮休居士,又号谏斋,北宋文学家。张舜民慷慨喜论事,善为文,南宋初晁公武谓"其文豪重有理致,而最刻意于诗"。其诗往往表现出对国事民生的关切,如《打麦》淋漓尽致地描绘出农民劳作的辛苦。张舜民亦能词,词风与苏轼相近,有的作品被人误为苏词。张舜民生平还爱画,能自作山水,又喜搜访题识,东南各处士大夫家所藏名作,悉加载录。其文集今存《画墁集》八卷等。

苏轼(1037—1101),字子瞻,又字和仲,号铁冠道人、东坡居士,世称苏东坡、苏仙、坡仙,眉州眉山(今属四川)人,北宋文学家、书画家。苏轼与父苏洵、弟苏辙三人并称"三苏"。苏轼是北宋中期文坛领袖,在诗、词、文、书、画等方面均取得了很高成就。其诗题材广阔,清新豪健,善用夸张比喻,独具风格,与黄庭坚并称"苏黄";其词开豪放一派,与辛弃疾同是豪放派代表,并称"苏辛";其文著述宏富,纵横恣肆,豪放自如,与欧阳修并称"欧苏",与韩愈、柳宗元、欧阳修、苏洵、苏辙、王安石、曾巩合称"唐宋八大家";善书法,与蔡襄、黄庭坚、米芾合称"宋四家";擅长文人画,尤擅墨竹、怪石、枯木等。作品有《东坡七集》《东坡易传》《东坡乐府》《黄州寒食诗帖》《竹石图》《枯木怪石图》等。

黄庭坚(1045—1105),字鲁直,号山谷道人,又号涪翁,洪州分宁(今江西修水)人。黄庭坚为"苏门四学士"之一,是"江西诗派"的开山祖师,生前与苏轼齐名,世称"苏黄"。擅文章、诗词,尤工书法。作品有《山谷集》附词一卷。

秦观(1049—1100),北宋词人,字少游,一字太虚,号淮海居士,高邮(今属江苏)人。曾任秘书省正字,兼国史院编修官等职。文辞为苏轼所赏识,为"苏门四学士"

之一。工诗词,词多写男女情爱,也颇有感伤身世之作,风格委婉含蓄,清丽雅淡。诗风与词相近。有《淮海集》四十卷、《淮海居士长短句》(又名《淮海词》)。

张耒(1054—1114),字文潜,号柯山,楚州淮阴(今江苏淮安市淮阴区)人。宋神宗熙宁六年(1073)进士,受苏轼赏识,元祐中擢起居舍人,后坐党籍谪守外地,晚居陈州。工诗、词,有《张右右文集》《柯山词》。

徐俯(1075—1141),宋代诗人,字师川,号东湖居士,"江西诗派"著名诗人之一。工诗词,著有《东湖集》,不传。徐俯的作品中有一首名为《春游湖》的诗,这首诗展现了宋代诗歌的特色,尤其是其中蕴含的理趣,如"春雨断桥人不渡,小舟撑出柳阴来"一句,表达了困境中仍然蕴含着希望的哲理,体现了宋诗特有的理趣。

李清照(1084—约1155),宋代女词人,号易安居士,齐州章丘(今属山东)人。李清照早期生活优裕,与夫赵明诚共同致力于书画金石的搜集整理。金兵入据中原后,其流寓南方。赵明诚病死后,其境遇孤苦。所作词,前期多写其悠闲生活，后期多悲叹身世，也流露出对中原的怀念。形式上善用白描手法，自辟蹊径，语言清丽。论词强调协律，崇尚典雅情致，提出词"别是一家"之说，反对以诗文之法作词。李清照能作诗，留存不多，部分篇章感时咏史，情辞慷慨，与其词风不同。有《易安居士文集》《易安词》，已散佚。后人有《漱玉词》辑本。今人有《李清照集校注》。

曾几（1084—1166），字吉甫，号茶山居士，南宋诗人。曾几学识渊博，勤于政事。他的学生陆游替他作墓志铭，称他"治经学道之余，发于文章，雅正纯粹，而诗尤工"。后人将其列入"江西诗派"。其诗多属抒情遣兴、唱酬题赠之作，闲雅清淡。他的五言、七言律诗讲究对仗自然，气韵疏畅。古体诗如《赠空上人》，近体诗如《南山除夜》等，均见功力。所著《易释象》及文集已佚。

岳飞（1103—1142），字鹏举，南宋初抗金名将，相州汤阴（今属河南）人。官至枢密副使，封武昌郡开国公。以不附和议，被秦桧所陷，被害于大理寺狱。《宋史》有传。《直斋书录解题》著录《岳武穆集》十卷，不传。明徐阶编《岳武穆遗文》一卷。《全宋词》录其词三首。

陆游（1125—1210），字务观，号放翁，越州山阴（今浙江绍兴）人，南宋诗人。他具有多方面文学才能，尤以诗的成就为最，在生前即有"小李白"之称，不仅成为南宋一代诗坛领袖，而且在中国文学史上享有崇高地位，存诗九千三百多首，是文学史上存诗最多的诗人。词作量不如诗作量巨大，但同样贯穿了气吞残虏的爱国主义精神。有《剑南诗稿》《渭南文集》《南唐书》《老学庵笔记》《放翁词》《渭南词》等数十个文集传世。

范成大（1126—1193），字致能，一作至能，早年自号此山居士，晚号石湖居士，苏州吴县（今江苏苏州）人，南宋诗人。范成大素有文名，尤工于诗。他从"江西诗派"入手，后学习中、晚唐诗，继承白居易、王建、张籍等诗人新乐府的现实主义精神，终于自成一家。其诗风格平易浅显、清新妩媚。诗题材广泛，反映农村社会生活内容的作品成就最高。与尤袤、杨万里、陆游合称南宋"中兴四大家"（又称"南宋四大家"）。其作品在南宋时已产生了显著的影响，到清初影响更大，有"家剑南而户石湖"的说法。此外，他在书法上也有很高的造诣，与张孝祥并称为南宋前期书法两大名家。今有《石湖居士诗集》《石湖词》《揽辔录》《吴船录》《吴郡志》《桂海虞衡志》等著作传世。今人整理有《范石湖集》。

杨万里（1127—1206），字廷秀，号诚斋，自号诚斋野客，吉水（今属江西）人。南宋诗人，与尤袤、范成大、陆游并称为南宋"中兴四大家"。杨万里的诗自成一家，独具风格，形成对后世影响颇大的诚斋体。先学"江西诗派"，后学陈师道之五律、王安石之七绝，又学晚唐诗。代表作有《插秧歌》《竹枝词》《小池》《初入淮河四绝句》等。其词清新自然，如其诗。赋有《浯溪赋》《海鰌赋》等。今存诗四千二百余首。

朱熹（1130—1200），字元晦，一字仲晦，号晦庵，别称紫阳，世称晦庵先生、朱文公，祖籍徽州府婺源（今属江西），出生于南剑州尤溪（今属福建），南宋理学家、教育家。朱熹是唯一非孔子亲传弟子而享祀孔庙的人，位列大成殿十二哲者，是"二程"三传弟子李侗学生。朱熹的哲学体系以"二程"的理本论为基础，吸取周敦颐太极说、张载的气本论及佛、道教思想而形成,与"二程"学说合称为"程朱理学"。其思想对元、明、清三朝影响很大,成为三朝官方哲学。其著述甚多,有《四书章句集注》《太极图说解》等,其中,《四书章句集注》成为钦定的教科书和科举考试的标准。朱熹还著有一千二百五十多首诗作,有着不容忽视的造诣和成就。

姜夔(约1155—1209),字尧章,号白石道人,饶州鄱阳(今属江西)人。他与张镃、范成大交往甚密。终身不第,卒于杭州。工诗,尤以词著称,精通音律,曾著《琴瑟考古图》。词集中多自度曲,并存有工尺旁谱十七首。有《白石道人诗集》《诗说》《白石道人歌曲》等。

叶绍翁(1194—?),本姓李,字嗣宗,号靖逸,浦城(今属福建)人,居处州龙泉(今属浙江),后嗣于龙泉叶氏,改姓叶,南宋诗人。其诗语言清新,意境高远,属"江湖诗派"风格,尤以七绝见长。如《游园不值》"春色满园关不住,一枝红杏出墙来"一联历来为人传诵。其他如《夜书所见》写儿童夜挑促织,景象鲜明,反衬出自身的孤寂;《嘉兴界》写江南水乡景色,饶有风味;《田家三咏》写田家的生活片断,皆平易含蓄,词淡意远,耐人寻味;《题岳王墓》痛惜岳飞之屈死,可见其襟怀。著有《四朝闻见录》五卷,杂叙宋高宗、孝宗、光宗、宁宗四朝逸事,撷罗遗佚。诗集有《靖逸小集》《靖逸小稿补遗》等。

林升(? —?),字梦屏,温州平阳人,约生活于宋孝宗年间,南宋诗人。他的作品《题临安邸》针对当时的黑暗现实而作,倾吐了郁结在广大人民心头的义愤,也表达了诗人对国家民族命运的深切忧虑。

文天祥(1236—1283),初名云孙,字履善,一字宋瑞,自号浮休道人、文山,吉州庐陵(今江西吉安)人,南宋大臣、文学家,与陆秀夫、张世杰并称为"宋末三杰"。文天祥多有忠愤慷慨之文,其诗风至德祐年间开始转变,气势豪放。他在《过零丁洋》中所写的"人生自古谁无死,留取丹心照汗青",气势磅礴,情调高亢,激励了后世众多为理想而奋斗的仁人志士。文天祥的著作经后人整理,被辑为《文山先生全集》。

奥敦周卿(? —?),字周卿,号竹庵,女真族人,元初人。奥敦是女真姓氏。《全元散曲》存其小令二首。其先世仕金。父奥敦保和降元后，累立战功，由万户迁至德兴府元帅。周卿本人历官怀孟路总管府判官、侍御史、河北河南道提刑按察司佥事。为元散曲前期作家，与杨果、白朴有交往，相互酬唱。

马致远（约 1251—1321 后），号东篱，大都（今北京）人，元代戏曲作家、散曲家。与关汉卿、郑光祖、白朴并称"元曲四大家"。戏曲创作方面，马致远在音乐思想上经历了由儒入道的转变，在散曲创作上具有思想内容丰富深邃而艺术技巧高超圆熟的特点，在杂剧创作上具有散曲化的倾向和虚实相生之美。

王实甫（？ —?），一说名德信，字实甫，大都（今北京市）人，元代戏曲作家。所作杂剧十四种，仅存《西厢记》《丽春堂》《破窑记》三种及《芙蓉亭》《贩茶船》各一折。其代表作为《西厢记》。

张养浩（1270—1329），字希孟，号云庄，济南（今属山东）人。元武宗至大年间，曾拜监察御史。仁宗即位，官至礼部尚书、参议中书省事。著有《云庄休居自适小乐府》一卷。

乔吉（？—1345），字梦符，号笙鹤翁，又号惺惺道人，太原（今属山西）人，元代散曲家、戏曲作家。他一生怀才不遇，倾其精力创作散曲、杂剧。他的杂剧作品，见于《元曲选》《古名家杂剧》《柳枝集》等集中。散曲作品据《全元散曲》所辑存小令二百余首，套曲十一首。散曲集今有抄本《文湖州集词》一卷，李开先辑《乔梦符小令》一卷等。

张可久（1280—约1352），庆元路（治今浙江宁波）人，元散曲家，与乔吉并称"双璧"，与张养浩合为"二张"。现存小令八百五十余首，套曲九套，为元曲作家数量最多者。他仕途失意，诗酒消磨，徜徉山水，作品大多记游怀古、赠答唱和。擅长写景状物，刻意于炼字断句。讲求对仗协律，作品清丽典雅。可以说，元曲到张可久，已经完成了文人化的历程。

王冕（1287—1359），字元章，号煮石山农，诸暨（今属浙江）人。幼年家贫，牧牛自学。后屡试进士不第，即焚所为文,晚年归隐九里山。他工画墨梅,亦擅竹石,兼能刻印。他的诗质朴、自然,多描写隐逸生活,部分作品也能反映一定的现实生活。著有《竹斋集》。

刘基(1311—1375),字伯温,世称"刘青田""刘诚意""刘文成",浙江青田南田武阳村(今属文成)人,元末进士,明初大臣,明朝开国元勋,"明初诗文三大家"之一。自幼博览经史及天文、历法、兵法、性理诸书,尤精象纬之学。刘基辅佐朱元璋完成帝业、开创明朝并尽力保持国家的安定,被后人比作诸葛武侯。朱元璋称刘基为"吾之子房也"。中国民间广泛流传着"三分天下诸葛亮,一统江山刘伯温;前朝军师诸葛亮,后朝军师刘伯温"的说法。刘基具有比较系统的文学思想,在明初文坛上占有重要地位。他从儒家"诗教"思想出发,强调作品的教化作用,既可以对下移风易俗,也可以对上讽谕劝谏。刘基贬斥元代以来的纤丽文风,提倡"师古",力主恢复汉唐时期的文学传统,对明初文风由纤丽转向质朴起了重要作用。著作颇丰,有《覆瓿集》《写情集》《犁眉公集》等传世。

于谦(1398—1457),字廷益,号节庵,浙江钱塘(今杭州)人,明永乐进士。他忧国忘身,口不言功,平素俭约,居所仅能遮蔽风雨,但因个性刚直,招致众人忌恨。有《于忠肃集》传世。《明史》称赞其"忠心义烈,与日月争光"。与岳飞、张煌言并称"西湖三杰"。

王磐(约 1470—1530),字鸿渐,号西楼,高邮(今属江苏)人,明散曲家,亦通医学,被称为"南曲之冠"。少时薄科举,不应试,一生没有做过官,尽情放纵于山水诗画之间,筑楼于城西,终日与文人雅士歌吹吟咏,因自号"西楼"。所作散曲,题材广泛。正德年间,宦官当权,船到高邮,辄吹喇叭,骚扰民间,王磐作《朝天子·咏喇叭》一首以讽。王磐散曲存小令六十五首,套曲九首,全属南曲。著有《王西楼乐府》《西楼律诗》。

夏完淳(1631—1647),乳名端哥,原名复,字存古,号小隐,别号灵首,松江华亭(今上海市松江区)人,祖籍浙江会稽,南明抗清将领、诗人。夏完淳九岁即善词赋古文,有神童之誉。十四岁时追随父亲夏允彝起兵抗清。夏完淳作诗的特定背景,也反映出了诗人对国家、民族前途的深深忧虑。诗用典较多,但都妥切稳当,以精练的语言表达了诗人以古代志士为榜样,矢志灭清复明的坚定决心。其诗语言华美,气势昂扬,洋溢着一个少年英雄的爱国思想与文学才气。著有《南冠草》《续幸存录》。后人编有《夏节愍公全集》。

郑燮(1693—1766),字克柔,号理庵,又号板桥,人称板桥先生,江苏兴化人,祖籍苏州,清代书画家、文学家,为"扬州八怪"重要代表人物。郑板桥擅长画兰、竹、石、松、菊等,而画兰、竹五十余年,成就最为突出。他取法于徐渭、石涛和八大山人诸人,而自成家法,体貌疏朗,风格劲峭。工书法,用汉八分杂入楷行草,自称"六分半书",并将书法用笔融于绘画之中。他主张继承传统十分学七要抛三,不泥古法,重视艺术的独创性和风格的多样化,所谓未画之先,不立一格,既画之后,不留一格,对今天仍有借鉴意义。诗文真挚风趣,为人民大众所喜诵。其诗、书、画,世称"三绝",是清代比较有代表性的文人画家。代表作品有《修竹新篁图》《清光留照图》《兰竹芳馨图》《甘谷菊泉图》《丛兰荆棘图》等。著有《板桥全集》。

袁枚(1716—1798),字子才,号简斋,晚年自号仓山居士、随园主人、随园老人，浙江钱塘（今杭州）人，祖籍浙江慈溪，清文学家。袁枚少有才名，擅长写诗文。袁枚倡导"性灵说"，主张诗文审美创作应该抒写性灵，要写出诗人的个性，表现其个人生活遭际中的真情实感。与赵翼、蒋士铨合称为"乾嘉三大家"，又与赵翼、张问陶并称"性灵派三大家"，为"清代骈文八大家"之一。文笔与大学士纪昀齐名，时称"南袁北纪"。主要著作有《小仓山房文集》《随园诗话》《随园诗话补遗》《随园食单》《子不语》《续子不语》等。散文代表作是《祭妹文》，古文论者将其与唐代韩愈的《祭十二郎文》和宋代欧阳修的《泷冈阡表》并提。

赵翼（1727—1814），字云崧（一作耘松），号瓯北，别号三半老人，江苏阳湖（今常州）人，清中期史学家、文学家。赵翼长于史学，考据精赅，所著《廿二史札记》与王鸣盛《十七史商榷》、钱大昕《二十二史考异》合称"清代三大史学名著"。赵翼存诗四千八百多首，以五言古诗最有特色，或嘲讽理学，或反映民生疾苦，或阐述一些生活哲理，思想新颖，见解警辟。著有《廿二史札记》《瓯北诗钞》《瓯北诗话》等。

　　龚自珍(1792—1841)，字璱人，号定盦（一作定庵），浙江仁和（今杭州）人，清末思想家、文学家。曾任内阁中书、宗人府主事和礼部主事等官职。主张革除弊政、抵制外国侵略，曾全力支持林则徐禁除鸦片。他的诗文主张"更法""改图"，揭露清朝统治者的腐朽，洋溢着爱国热情，被柳亚子誉为"三百年来第一流"。著有《定盦文集》，留存文章三百余篇，诗词近八百首，今人辑为《龚自珍全集》。著名诗作《己亥杂诗》共三百一十五首，多咏怀和讽喻之作。

　　高鼎(1828—1880)，字象一，一字拙吾，浙江仁和（今浙江杭州）人，清代诗人。有《拙吾诗文稿》。

附录二:古事记

西周(前 1046—前 771)至春秋时期中叶	四言诗繁荣,后编入《诗经》。
前 475 年	进入战国时期,百家争鸣局面形成。
前 278 年	屈原卒。
前 221 年	秦王朝建立。
前 206 年	刘邦为汉王。公元前 202 年刘邦称帝,建立汉王朝。汉初,楚声短歌盛行,如刘邦的《大风歌》。
25 年	东汉建立。
193 年	王粲作《七哀诗·西京无乱象》。汉献帝时期,出现曹

操的《蒿里行》与陈琳的《饮马
长城窟行》等反应汉末战乱的
诗歌。

196 年
（汉献帝建安元年）

建安时期，五言诗繁荣，七
言诗发展，"三曹"（曹操、
曹丕、曹植）及"建安七子"
开创"建安风骨"。

220 年

曹丕称帝，魏王朝建立，三国
时期开始。

223 年

曹植作《洛神赋》《赠白马王
彪》。

263 年

阮籍卒，代表作是个人抒情组
诗《咏怀》八十二首。

265 年

魏亡，晋王朝建立。

280 年
（晋武帝太康元年）

太康年间前后，"三张二陆
两潘一左"开创一代诗风，
后人称"太康体"。

305 年

左思卒，其《三都赋》为散体大
赋的代表作品，其《咏史》八首

为西晋时期五言诗的代表
作品。

317 年　　　　西晋亡,司马睿建立东晋。

324 年　　　　郭璞卒,其《游仙诗》今存十
四首。

353 年　　　　王羲之作《兰亭集序》。

405 年　　　　田园诗开创者陶渊明作《归去
来兮辞》。

420 年　　　　东晋亡,南朝宋建立,南北朝
时期开始。

427 年　　　　陶渊明卒,其《饮酒》二十首与
《读山海经》十三首等开创田
园诗传统。

433 年　　　　最早大量写作山水诗的诗人
谢灵运卒,其开创的山水诗取
代了玄言诗。

466 年　　　　鲍照卒,其《拟行路难》十八首
等继承了汉乐府传统。

479 年　　　　南朝宋亡。

487 年　　　○　永明时期,汉字的平上去入四声被定名,沈约、谢朓等将之运用于诗律与骈文,开创"永明体"。

499 年　　　○　诗人谢朓卒。他在谢灵运后进一步发展了山水诗。

502 年　　　○　南朝齐亡,南朝梁建立。

527 年　　　○　北魏郦道元卒,其著有《水经注》。同期,北朝乐府民歌《木兰诗》诞生。

557 年　　　○　南朝梁亡,南朝陈建立。

581 年　　　○　北周亡,隋王朝建立,于 589 年灭陈,南北朝时期正式结束。

609 年　　　○　薛道衡卒,其代表作有《昔昔盐》《人日思归》,其《豫章行》接近初唐七言歌行。

618 年　　　○　隋亡,唐王朝建立。

644 年　　　○　王绩卒,其《野望》为唐初较成熟的五言律诗；贞观时期，上官仪所作宫廷诗风格绮错婉媚，被称为"上官体"。

663年　　　王勃作《滕王阁序》。

676年　　　王勃卒，其诗作标志唐音发端，他与杨炯、卢照邻、骆宾王合称"初唐四杰"。

700年　　　陈子昂卒，其《登幽州台歌》、《蓟丘览古》七首、《感遇》三十八首等，扫清六朝以来绮靡诗风，为唐诗革新奠定了基础。

730年　　　李白初入长安。

735年　　　杜甫在洛阳应试不第，后东游齐、赵，作《望岳》。

737年　　　王维奉使出塞，作《使至塞上》。

740年　　　开元早期代表诗人张九龄卒，其代表作《感遇》十二首、《杂诗》五首。孟浩然卒，其代表作《过故人庄》《春晓》《宿建德江》《望洞庭湖赠张丞相》。李白供奉翰林。

742年 ○ 王之涣卒,其代表作有《凉州词》《登鹳雀楼》等。

744年 ○ 李白与杜甫相会于洛阳。

746年 ○ 杜甫入长安。次年科举不第。之后困居长安十年,作《兵车行》《丽人行》。

749年 ○ 岑参自本年起多次出塞,作《走马川行奉送封大夫出师西征》《轮台歌奉送封大夫出师西征》《白雪歌送武判官归京》等。

754年 ○ 崔颢卒,代表作《黄鹤楼》。

755年 ○ 杜甫作《自京赴奉先县咏怀五百字》。年底,安史之乱爆发。

756年 ○ 王昌龄卒,其代表作有《出塞》《从军行》等。

759 年	杜甫作"三吏""三别"。
761 年	王维卒,其山水田园诗代表作有《终南山》《山居秋暝》《渭川田家》等。杜甫在成都草堂作《春夜喜雨》《茅屋为秋风所破歌》。
762 年	李白卒于当涂。
763 年	安史之乱结束。唐代宗广德年间,刘长卿作《逢雪宿芙蓉山主人》,韦应物作《滁州西涧》。
765 年	高适卒,代表作《燕歌行》。
770 年	杜甫卒于湘江舟中。岑参卒。
780 年	李益开始创作边塞诗,代表作有《夜上受降城闻笛》《塞下曲》等,为中唐边塞诗代表。
802 年	白居易与元稹定交,并称"元白",倡导中唐时期新乐府运动。

805 年	"永贞革新"失败,柳宗元、刘禹锡等被贬,此后九年,柳宗元在永州写出《永州八记》等。
806 年	白居易作《长恨歌》。
814 年	孟郊卒,其代表作有《游子吟》等。
815 年	白居易被贬为江州司马,次年作《琵琶行》。
816 年	李贺卒,代表作有《李凭箜篌引》《秦王饮酒》《雁门太守行》等,诗风绮丽,自成一家,被称为"李长吉体"。
823 年	白居易任杭州刺史,任内作《钱塘湖春行》等。
825 年	杜牧作《阿房宫赋》。
830 年	张籍、王建卒,两人同为新乐府运动代表诗人,诗作被称为"张王乐府"。
843 年	贾岛卒,他与孟郊齐名,称"郊

寒岛瘦"。

846 年　白居易卒。

853 年　杜牧卒。

858 年　李商隐卒，他与杜牧并称"小李杜"，与温庭筠并称"温李"。

866 年　温庭筠卒。

883 年　韦庄作《秦妇吟》，全诗一千六百六十六字，为现存最长唐诗作品。

907 年　唐亡，后梁建立，五代十国时期开始。

910 年　韦庄卒，他与温庭筠并称"温韦"，代表作《菩萨蛮·人人尽说江南好》。

978 年　李煜卒。

1000 年　柳开卒，他与王禹偁提倡韩柳古文，开创北宋诗文革新运动先声。

1001 年　王禹偁卒。

1005 年	〇 杨亿编成《西昆酬唱集》。
1040 年	〇 梅尧臣作《田家语》《汝坟贫女》。
1053 年	〇 柳永卒,他开拓了词作领域,代表作有《雨霖铃》《八声甘州》《望海潮》等。
1057 年	〇 苏轼、曾巩、苏辙进士及第,诗文革新开始。
1059 年	〇 欧阳修作《秋声赋》。
1071 年	〇 欧阳修作《六一诗话》。苏轼任杭州通判。
1072 年	〇 欧阳修卒。
1075 年	〇 苏轼在密州作《江城子·乙卯正月二十日夜记梦》《江城子·密州出猎》《水调歌头·明月几时有》等,开创豪放派宋词。
1078 年	〇 王安石退居江宁,创"荆公体",诗律工细。

1079 年	○ "乌台诗案"发生,苏轼被贬黄州。
1082 年	○ 苏轼在黄州游赤壁,作《前赤壁赋》《后赤壁赋》《念奴娇·赤壁怀古》。
1086 年	○ 王安石卒。
1100 年	○ 婉约派代表词人秦观卒,代表作有《满庭芳·山抹微云》《踏莎行·雾失楼台》《鹊桥仙·纤云弄巧》等。
1101 年	○ 苏轼卒于常州。李清照与赵明诚结婚。
1105 年	○ 黄庭坚卒。
1125 年	○ 贺铸卒。
1127 年	○ 南宋建立。
1131 年	○ 南宋早期,陈与义、叶梦得、张元幹、张孝祥等创作的爱国诗词成为主流。
1138 年	○ 张元幹作《贺新郎·寄李伯纪

丞相》。

1139 年   陈与义卒。

1155 年   李清照卒。陆游作《钗头凤·
红酥手》。

1163 年   张孝祥作《六州歌头·长河望
断》。

1166 年   陆游作《游山西村》，他与尤
袤、杨万里、范成大合称南宋
"中兴四大家"。

1169 年   辛弃疾作《水龙吟·登建康赏
心亭》。

1170 年   范成大使金，作纪事诗七绝七
十二首等。

1176 年   辛弃疾作《菩萨蛮·书江西造
口壁》。姜夔作自度新曲《扬
州慢·淮左名都》。

1177 年   陆游作《关山月·和戎诏下十
五年》。

1178 年   杨万里转变诗风，自成一家，

称"诚斋体"。

1179 年	辛弃疾作《摸鱼儿·更能消几番风雨》。
1186 年	范成大作组诗《四时田园杂兴》。陆游作《书愤》《临安春雨初霁》。
1187 年	陆游刊行自选诗集《剑南诗稿》,收录二千五百余首诗作。
1188 年	辛弃疾与陈亮鹅湖相会,各作《贺新郎》,成为文坛佳话。辛弃疾作《破阵子·为陈同甫赋壮词以寄》。
1192 年	陆游作《秋夜将晓出篱门迎凉有感》《十一月四日风雨大作》。
1193 年	范成大卒。
1200 年	朱熹卒。
1205 年	辛弃疾作《永遇乐·京口北固亭怀古》《南乡子·登京口北

固亭有怀》。

1206 年	杨万里卒。
1207 年	辛弃疾卒,其词被称为"稼轩体",他与苏轼合称"苏辛",代表宋词的豪放派。
1210 年	陆游作绝笔《示儿》后卒,其诗作被称作"放翁体"。
1227 年	刘克庄作《贺新郎·北望神州路》。
1257 年	元好问卒。
1269 年	刘克庄卒。
1271 年	忽必烈定国号为元。
1279 年	宋末,爱国诗文成为主流,文天祥作《正气歌》《过零丁洋》。宋亡,元统一中国。
1321 年	元代中后期,散曲作家张养浩、张可久、乔吉、睢景臣创作活跃。张养浩作《山坡羊·潼关怀古》。

1324 年	周德清编纂《中原音韵》,把平上去入改为阴阳上去。
1341 年	长篇讲史话本《三国志平话》刊行,开创明代长篇章回小说先河。
1368 年	明王朝建立。元末明初,罗贯中撰《三国演义》,施耐庵撰《水浒传》。
1374 年	高启卒,他与杨基、张羽、徐贲并称"吴中四杰"。
1408 年	《永乐大典》编成,共计二万二千八百七十七卷。
1488 年	以李东阳为首的"茶陵派"形成,作品有复古趋向。
1559 年	杨慎卒。
1571 年	归有光卒,代表作《项脊轩志》。
1593 年	徐渭卒。
1616 年	汤显祖卒。

1621 年	冯梦龙刊行《古今小说》（后衍庆堂本始改题《喻世明言》）。
1641 年	徐霞客卒，代表作《徐霞客游记》。
1644 年	明亡，清入关。张岱作《陶庵梦忆》。
1678 年	朱彝尊编成《词综》，开创"浙西派词"。
1680 年	李渔卒，代表作《笠翁十种曲》《闲情偶记》。
1685 年	纳兰性德卒，代表作《长相思·山一程》《菩萨蛮·朔风吹散三更雪》等。
1688 年	洪昇写成传奇《长生殿》。
1699 年	孔尚任作传奇剧本《桃花扇》。
1719 年	沈德潜编成《古诗源》。
1754 年	吴敬梓卒，代表作《儒林外史》。
1764 年	曹雪芹卒，代表作《红楼梦》。

1790 年	○ 袁枚刊行《随园诗话》。
1839 年	○ 龚自珍辞官，作《己亥杂诗》三百一十五首。
1840 年	○ 鸦片战争爆发。
1841 年	○ 龚自珍卒。
1868 年	○ 黄遵宪作《杂感》，提出"我手写吾口"的文学主张，开"诗界革命"先河。
1874 年	○ 刘熙载刊行文学理论著作《艺概》。
1894 年	○ 甲午战争爆发。
1895 年	○ 康有为、梁启超发起"公车上书"，维新变法运动开始，大量爱国诗文出现。
1899 年	○ 河南安阳小屯村发现殷墟甲骨卜辞。
1900 年	○ 八国联军入侵。
1911 年	○ 武昌起义爆发，清亡。